KB266351

사라질 소행성

사라질 소행성

오영민

조은오

남지민

노고유

제12회
한낙원과학소설상
작품집

사계절

상전벽해(桑田碧海). '뽕밭이 푸른 바다가 되었다'라는 말을 요즘처럼 절감한 적이 없습니다. 자고 일어나면 새로운 기술이 나오고, 거기에 미처 익숙해지기도 전에 기술은 또 다른 옷을 갈아입고 저만치 앞서갑니다. 사실 과학 기술이 옷을 갈아입는 것인지, 아예 몸을 바꾸는 것인지 그것도 잘 모르겠습니다. 누구는 과학 기술이 인류가 당면한 문제를 모두 해결해 줄 것이라고 자신 있게 말하고, 또 다른 이는 과학 기술의 발전만으로는 인류가 그 어떤 문제도 해결할 수 없을 것이라고 말합니다. 어떤 말이 옳은지는 시간만이 알고 있겠지요. 다만 한 가지 분명한 사실은 사람들이 과학 기술의 발전을 이전처럼 장밋빛으로만 보지 않는다는 사실입니다.

과학 기술을 바라보는 시선의 변화는 시대별 과학소설만 일별해도 명확하게 확인할 수 있습니다. (물론 시대를 앞서는 작품은 늘 혼자서 다른 방향을 가리키기도 했지만요.) 대부분의 초기 과학소설은 미래에 대한 꿈과 포부로 가득했습니다. 우주는 우리가 개척해야 할 '미지의 땅'이었고, 그 '신대륙'에 먼저 깃발을 꽂기 위한 각국의 경쟁이 치열했습니다. 하지만 지금은 우주를, 나아가 다른 행성을 단순한 '개척자'의 눈으로 바라보지 않습니다. 이를테면 테라포밍은 여전히 과학소설의 주요한 소재이지만, 테라포밍을 당연하게 말하는 작품보다 테라포밍의 그림자에 착목하는 작품이 더 많아지고 있다는 사실이 그런 변화를 잘 보여 줍니다. 한낙원과학소설상도 시대의 변화와 발맞춰 지속적인 자기 갱신을 보였습니다.

벌써 열두 번째 결과물인 『사라질 소행성』에 실린 단편들이 그린 미래가 장밋빛보다는 잿빛에 더 가깝다는 사실은 우리에게 많은 것을 생각하게 합니다. 하지만 소설 속 인물들은 그 잿빛에 가까운 현실 속에서도 부단히 사랑하며 이웃의 손을 붙잡는 일을 멈추지 않습니다. 때로 인간이 절망이지만 여전히 희망인 이유가 여기에 있습니다. 우리가 이미 잘 알고 있듯, 과학소설은 과학과 기술만을 이야기하지 않습니다. 과학소설은 과학과 기술 속에서 살아가는 사람을 이야기합니다. 그리고 미래의 사람들이 수많은 실패와 두려움 속에서도 여전히 힘을 내 다시 시작하고 종을 넘어서는 우정을 나눈다는 사실은 지금 이곳을 사는 우리에게 아마 잿빛일지도 모를 미래에 대한 걱정보다 그것을 상쇄하고도 남을 희망과 연대를 꿈꾸게 합니다.

한국 어린이청소년SF의 문을 연 고(故) 한낙원 선생님이 꿈꾼 세상도 아마 그런 세상일 것입니다. SF는커녕 과학이라는 말조차 생소했던 시절, 과감한 상상력으로 한국 어린이청소년에게 희망과 꿈을 심어 준 한낙원 선생님의 작품이 씨앗이 되어 지금 여기까지 이어진 것만 봐도, 우리는 여전히 절망할 이유보다 희망을 가질 이유가 더 많습니다. 한낙원 선생님의 뜻을 이어 한낙원과학소설상을 만든 유족과 고(故) 김이구 선생님, 그리고 박상준 선생님께 이 자리를 빌려 감사의 인사를 전합니다. 우리가 꿈꾸는 것을 멈추지 않는 한, 서로 손잡는 것을 멈추지 않는 한, 우리의 미래는 어둠 속에서도 빛을 뿜어낼 것이라는 사실을, 그 희망을 횃불처럼 들고 나아가고 싶습니다.

송수연

(어린이청소년문학 평론가, 제12회 한낙원과학소설상 심사위원)

오영민

사라질 소행성 /1E-1.2

삐! 삐!

몇 번의 신호음이 울리고, 파란색 응답 신호가 켜진다.

"지미! 7시예요. 출발합니다."

난 시간을 알리고 하루 시작을 보고한다.

"으응. 아스터. 밤사이 쓰레기는 잘 있지?"

방금 잠에서 깬 것 같은 지미의 나른하면서도 짓궂은 목소리가 들린다.

"아마도요."

"어제저녁에 메시지가 왔는데, 이번엔 물량이 좀 많은가봐. 수거선이 일주일 일찍 갈 수도 있겠어. 본부에서 지시 사항이 내려오면 다시 알려 줄게."

"알겠습니다!"

둥글고 둔탁하게 생긴 바퀴를 굴리며 일정한 속도로 이동한다. 나는 소행성 AE-1.2를 지키는 로봇 아스터11이다.

우주는 인공 위성이나 우주선에서 버려지는 쓰레기로 가득해졌다. 그 때문에 많은 사고를 겪은 인간들이 쓰레기 문제를 고민하던 중, 지름 1.2킬로미터의 소행성을 발견했다. 그 소행성은 지구와 같은 궤도에서 태양 주변을 돌고 있었다. 하지만 지구와 태양의 중력 균형점에 잠깐 붙잡혀 있을 뿐, 언제든 궤도를 벗어날 수 있는 불안정한 상태였다. 그래도 시급한 문제들을 해결하기 위한 단기 실험 행성으로는 충분했다. 한 달에 한 번 수거선이 이곳 AE-1.2에 쓰레기를 투하하고, 나는 매일 네 개 구역을 돌며 각기 다른 종류의 쓰레기를 처리한다.

구르릉, 퉁퉁! 구르릉, 퉁퉁!
바퀴를 몇 번 굴리면 금방 A 구역에 도착한다.
A 구역에 모이는 금속류가 소행성에서 가장 높은 비율을 차지하는 쓰레기다. 그중에서 인공 위성, 로켓 등에 재사용될 금속을 다시 분류한다. 벌써부터 소리가 들린다.
드드득, 드드득.
루키다. 오늘도 내가 지미에게 보고하기 전에 먼저 출발했을 것이다.

오영민

"루키! 작업 중인 거야?"

대답이 없다.

"애써 묶어 놓은 그물을 건드리지 말라고!"

좀 더 큰 소리로 다시 외쳤다.

"걱정 마! 정말 한 군데만 풀었어. 잘 묶어 놓을게."

그물들 사이에서 루키가 불쑥 튀어 오르듯 나타난다. 그러고는 아무 일 없다는 듯 태연하게 다가온다.

"정말이지? 저번처럼 풀어 놨다가 쓰레기가 조금이라도 날아가면 지미가 고생한다고!"

"같은 실수는 안 해. 그리고 그때가 언젠데 아직도 얘기하는 거야!"

루키가 나보다 일찍 A 구역에 나오는 건 이곳에서 가끔씩 자신이 원하는 전자 기기를 발견하기 때문이다. 루키가 여기 온 지 얼마 안 됐을 때 게임기를 보고는 흥분해서 그물을 다시 조여 놓지 않았다. 그 바람에 쓰레기 몇 개가 우주로 흩어졌다. 쓰레기가 우주를 떠돌다 무언가와 부딪히면 큰 사고로 이어진다. 다행히 가까운 우주 정거장에 있던 수거선이 흩어진 쓰레기를 다시 모았지만, 그 일로 우리뿐 아니라 수거선의 조종 시스템을 관리하는 지미까지 본부로부터 몇 번이고 주의를 들어야 했다. 그 게임기가 루키에게 아직도 큰 즐거움이라는 것은 지미에게 비밀이다.

지미는 2, 3년에 한 번 소행성의 상황을 상세히 살피고 나를 점검하러 온다. 세 번째 왔던 날, 지미가 느닷없이 루키를 데려왔다.

"둘이 같이 있으면 내가 좀 안심이 될 것 같은데. 어때?"

아이의 학습 지원 로봇이었던 루키는 가족들과 함께 우주 여행선에 탑승해 있었다고 한다. 그런데 여행선의 결함으로 엔진이 멈췄고 우주 정거장에서 구조를 기다려야 하는 처지가 됐다. 가족들은 최대한 짐을 줄여야 했다. 결국 폐기 처분 동의서에 사인을 하고는 루키를 남겨 두고 떠났다. 나에게 오는 길이었던 지미가 우주 정거장에 서 있는, 갈 곳 없는 루키를 발견해 함께 이곳으로 왔다. 루키는 한동안 말이 없었다. 그렇게 어색한 시작을 했지만 루키는 늘 주변을 맴돌며 나를 살폈다. 혼자 움직이다 내가 일을 시작하면 나의 속도에 맞춰 일을 도왔다. 우린 그렇게 파트너가 되었다.

"A 구역은 여기까지. 루키 이동하자!"

구르릉, 퉁퉁! 타박! 타박!

바퀴와 발걸음 소리가 함께 울린다. 루키와 B 구역으로 향한다. B 구역은 지구의 생활 폐기물을 담당하는 곳이다.

                                                                오영민

지구는 우주보다 더 쓰레기가 쌓이고 있는 듯하다. 이 먼 거리까지 생활 폐기물들을 보내고 있으니 말이다. 그 종류는 음식물 쓰레기부터 의료 폐기물까지 다양하다. 멀리 보이는 지구는 푸른 반짝임을 가지고 있다. 그 모습에 내가 만들어진 곳에 대한 호기심이 생기기도 했다. 하지만 B 구역으로 오는 물건들에서는 결코 아름다움을 느낄 수 없다. 모든 쓰레기 중 가장 지저분하다. 아마 냄새도 지독할 것이다. 다행히도 AE-1.2에는 대기가 없어 냄새가 나지 않는다. 아, 물론 내가 로봇이라 냄새를 맡을 수 없기도 하다.

"끈적거리는 게 최악이야."

루키의 투덜거림에 돌아보니 터진 비닐봉지 아래로 내용물이 흘러나와 있다. 원래 무엇이었는지 알아볼 수도 없다. 나도 한마디 거들었다.

"지미에게 얘기해 볼까? 생활 폐기물은 분리하기 힘들다고. 이렇게 똑같은 걸 수없이 찍어 내고, 다 버리면서 왜 또 만드는 거야?"

그래도 우리는 꼼꼼하게 살핀다. B 구역에서 작업할 때면 링을 처음 만났던 순간이 앨범을 넘기듯 떠오르기 때문이다. 그리고 그때의 가냘프지만 분명하던 떨림도 다시 느껴지는 것만 같다.

그날, 쓰레기를 하나씩 정리하며 떨림의 진원을 찾아가고 있던 순간, 눈이 마주쳤다. 나에게도 눈이 있다. 카메라 렌즈 말고 지형을 살피고 쓰레기의 종류를 분석할 수 있는 눈. 그 눈과 다른 존재의 눈이 마주쳤다. 반쯤 감긴, 빛이 꺼져 가는 눈이었다. 그때는 그런 눈이라고 분석했다. 뜻하지 않게 맞닥뜨린 새로운 존재에 방어막이 가동됐다. 위험 알림도 본부와 지미에게 자동으로 전송됐다. 헤드에서는 물체 탐지 기능이 작동했다. 루키를 부를 겨를도 없었다. 10초 만에 분석을 마쳤고 모든 기능이 해제되었다.

"아스터! 아스터! 괜찮아?"

"네. 괜찮습니다."

지미가 다급하게 통신을 보냈다.

"무슨 일이야?"

"B 구역에서 움직이는 로봇을 발견했습니다. 강아지 로봇입니다. 곧 전원이 꺼질 것 같습니다."

지미가 안도하는 소리가 들렸다. 어느새 내 옆에는 루키가 서 있었다. 우리 셋의 첫 만남이었다.

링은 반려견 대체용 강아지 로봇이다. 인간이 로봇을 생각과 마음을 느낄 수 있도록 만드는 이유는 분명 더 친밀하게 지내고 싶어서라고 생각했다. 하지만 그날, 꼭 그렇지만

오영민

은 않다는 것을 알았다. 링은 쓰레기에 깔려 꼼짝할 수 없는 채로도 꼬리를 흔들었다. 루키는 그런 링을 들어 올린 다음, 우주선으로 데려가 에너지를 충전해 주었다. 조금의 망설임도 없었다.

오늘은 조금 서둘러 B 구역의 작업을 마무리한다.

"휴!"

나에게 산소가 필요한 건 아니지만 각 구역을 벗어나면 인간들처럼 한숨을 쉬듯 소리를 내뱉는다. 저런 쓰레기 속에 파묻혀 답답하고 무서웠을 링이 떠오르는 B 구역을 빠져나올 때는 더 크게 내뱉는다.

우리는 다음 구역으로 넘어가기 전에 휴식이라도 취하듯 잠깐 멈춰 선다. 루키가 링이 좋아할 만한 물건을 챙겼는지 조그마한 자루에 넣어 어깨에 멘다. 그러고는 B 구역 주변을 살펴본다.

"이 속도라면 곧 소행성 전체가 쓰레기로 가득 차겠어."

이대로는 쓰레기 처리가 힘들다는 것을 우리 모두 알고 있다.

루키와 링을 만나고 내가 달라진 것이 있다면 미래를 그린다는 것이다. 쓰레기로 가득 찬 소행성 AE-1.2와 지미가 더 이상 오지 않는 미래를 상상한다.

구르릉, 퉁퉁! 타박! 타박!

구르릉, 퉁퉁! 타박! 타박!

다음 구역까지는 좀 멀다. 루키가 알려 준 음악을 틀어 본다. 조금 날카롭지만 경쾌한 전자음이 들린다. 강렬한 리듬이 우주선에서 본 영상 속 전투나 추격에 어울릴 것 같다. 흥에 겨워 바퀴가 조금씩 빠르게 굴러간다. 루키 덕에 난 흥이라는 것이 생겼다. 루키의 발걸음도 빨라진다. 아이와 주로 같이 놀고, 책을 읽고, 게임을 했다는 루키는 이곳에서도 일을 마친 후에는 링의 옆에서 이야기를 들어 주며 필요한 것들을 같이 만들기도 한다. 늘 함께할 수 있는 일을 찾는다.

"루키, 나 혼자 해도 돼."

"응?"

"매번 따라오지 않아도 된다고. 원래 내 일들이잖아."

"그래."

루키는 무심하게 대답한다.

"속도라도……. 더 빨리 가도 돼. 나랑은 다르게 넌 발이 있잖아. 나보다 달리기 훨씬 좋을 텐데 항상 맞춰 주는 기분이야."

잠깐 생각하던 루키가 이야기한다.

오영민

"학습 지원 로봇은 말이야. 무언가를 가르쳐 주기도 하지만 주요 역할은 페이스메이커야."

"페이스메이커?"

"응. 선수랑 함께 뛰면서 속도를 조절해서 선수가 좋은 기록을 내도록 도와주는 역할이지."

"아이가 운동선수였어?"

내 말에 어이없다는 투로 루키는 말을 이어 간다.

"단순하기는. 운동뿐 아니라 공부를 할 때도 게임을 할 때도 옆에서 자극을 주는 거야. 아주 작은 차이로 그 아이를 이겨서 승부욕을 상기시키고, 지쳐 있을 때는 티 안 나게 져 주면서 사기를 올리는 거지. 그렇게 모든 면에서 아이의 잠재력을 최대한 끌어올리는 거야."

어쩌면 지금의 나보다 에너지를 많이 쓰는 일을 했던 것 같다.

"그래. 그런데 나한테는, 아니 우리한테는 안 그래도 돼."

루키가 날 바라본다.

"안 그래도 여기선 충분히 쓸모가 있어."

난 루키를 보며 계속 말한다.

"그리고 난 잠재력 같은 건 없어. 내 능력은 지금까지 본 게 다야. 그러니까 너 혼자 빨리 뛰어가도 돼."

　표정이 잘 드러나지 않는 루키의 얼굴에 엷은 웃음이 보인다.

　그때 멀리서 링이 달려온다. 나와 루키가 작업하는 동안 링은 대부분 우주선에서 혼자 있는 시간을 즐긴다. 하지만 가끔 우리와 반대 방향으로 행성을 돌아 이렇게 나와 루키를 맞이한다. 링은 네 발을 휘저으면서 엄청 빠르게 뛰어온다. 루키가 갑자기 링을 향해 전속력으로 달린다. 깜짝 놀란 링이 주춤하더니 도망가는 시늉을 한다. 루키는 뛰었다 멈추기를 반복하며 링을 쫓아간다. 항상 자신과 같은 속도로 달리던 루키의 낯선 행동에 링도 신이 난다. 예전에는 함께인 것이 이렇게 대단한 일인지 몰랐다. 나는 처음으로 할 일을 잊고 행성을 누빈다.

　일이 늦어진 게 마음에 걸려, 행성의 중간쯤을 지날 때 지미와 교신을 시도하지만 연결이 되지 않는다. 요즘 들어 가끔 혼선이 생긴다. 지미는 꼭 문제를 해결하겠다고 했지만 아직 원인을 찾지 못한 것 같다. 일이 조금 늦어졌다는 보고는 안 하기로 한다.

　구르릉, 퉁퉁! 타박, 타박! 동동 동동!
　바퀴와 두 발걸음 소리가 어우러진다.

　　　　　　　　　　　　　　　　　　　　오영민

진공 상태이지만 우리는 청각 모듈로 서로의 발걸음을 듣는다. 셋의 발소리는 분명히 구분이 간다. 자연스럽게 박자가 맞춰진다. 함께 걸을 때 나는 발소리는 또 다른 음악이다.

다음 구역으로 가는 길은 조금씩 뜨거워진다. 덩달아 내 몸체의 온도도 올라간다. 태양과 가까워지고 있다는 뜻이다. C 구역에는 고위험 폐기물들이 있다. 가끔 폭발 가능성이 있는 물질들도 있기 때문에 네 구역 중 유일하게 두꺼운 방호돔을 설치했다.

처음에는 이런 위험 물질들까지 소행성으로 옮길 계획이 없었다고 한다. 그래서 내 기능도 한정적이었다. 내 지능은 단순한 작업만 수행할 수 있는 인간 수준 이하였다. 그 상태의 나를 소행성으로 옮기는 일이, 지미의 첫 수거선 운행 임무였다.

하지만 본부는 계획을 바꿔 위험 물질까지 소행성으로 옮기기로 결정했다. 지미는 끝까지 반대했다고 한다. 나에게 어떤 영향이 갈까 두려웠기 때문이다. 그러나 본부의 입장은 확고했다. 얼마 안 돼 사고가 일어났다. 나는 작업 도중 고에너지 방사선에 노출됐다. 전원 회로의 오작동으로 감지기가 흔들리고, 시야가 흐려져 결국 동작을 멈췄다. 방사능에 오래 노출될 경우, 장기 기억이나 학습된 데이터가 손상

될 수 있었다.

위험을 감지한 지미는 본부의 명령을 어기고 나에게로 향했다. 그때 지미가 오지 않았다면 메모리 셀을 복구하기는 어려웠을 것이다.

사고 이후, 본부는 내가 주어진 기능만으로는 소행성을 관리하는 데 한계가 있다고 판단했다. 지미와 엔지니어들이 와서 나를 업그레이드했고, 나는 감정을 느끼고 스스로 판단이 가능한 지능형 AI로 다시 태어났다. 오류 수정 시스템을 추가했고, 위험 물질이나 수거 가치가 높은 특정 목표물을 정확하게 분류하고 추적하는 능력을 갖췄다. 천하무적이 된 것 같은 기분이었다.

수습을 마치고 지구로 돌아간 지미는 안타깝게도 6개월 동안 징계를 받았다. 그 기간 동안 우리는 교신할 수 없었다.

하지만 지미는 지능형 AI로 깨어난 나를 처음 만났던 그 순간을 링과 루키에게 가끔 이야기한다.

"아스터가 눈을 뜨고 나에게 인사했을 때, 얼마나 짜릿했는지 알아?"

나는 지미에게 단순한 기계 이상의 의미가 되었다. 지미는 나와 교신할 때마다 오랜 친구에게 털어놓듯 자신의 일상을 공유했다. 때로는 사소한 걱정거리를, 때로는 눈물 나

오영민

게 행복한 이야기들을 전해 주었다. 나는 지미를 통해 감정을 배웠고, 세상을 알게 되었다.

그렇게 나와 더 각별해진 지미는, 나를 위해 루키라는 친구를 데려왔다. 그리고 링을 만났을 때, 이때껏 본 적 없는 환한 미소를 지으며 기뻐했다.

C 구역은 위험 요소가 많지만 이곳만큼 우리에게 유용한 장소도 없다. 가끔 에너지원이 될 만한 것을 발견하기 때문에 그물마다 풀어서 쓰레기를 세심하게 살피고 다시 조이기를 반복한다.

"와, 리튬 이온 배터리다."

저번에 발견한 것보다 더 작고 가볍다. 여전히 지구는 멈추지 않고 발전하고 있다는 걸 이렇게 확인한다.

재활용을 할 수 없는 쓰레기들은 5일 동안 차곡차곡 각 구역에 모아 둔다. 6일째 되는 날에 D 구역으로 옮겨 태양광 에너지나 고강도 레이저로 소각한다. 오늘은 D 구역 안에서 그동안 정리한 쓰레기들의 상태만 확인하고 지나간다.

치이익-시이익-. 못 들어 본 소리다. 모두가 그 소리를 들었다.

"귀신인가?"

링의 말에 우리는 풋! 하고 웃어 버린다. 귀신을 상상하는 로봇이라니.

"첨단 AI 로봇이 할 말은 아닌 것 같은데?"

"우리가 첨단은 아니지."

역시 루키! 작은 오류도 지적한다.

"맞아. 우리가 여기 온 지 벌써 몇 년인데. 저기 버려진 쓰레기들이 우리보다 나을지도 몰라. 전원이 꺼지는 순간 우리는 재활용 가치도 없을 거라고."

링까지 거든다! 이렇게까지 말할 건 아니지 않나? 나는 불만스럽지만 말없이 속도를 낸다.

모든 일을 마치면 태양을 등지고 걷는다. 지표면의 온도가 급격하게 떨어지고 별은 더 선명하게 반짝인다. 저 멀리 우리가 하루를 마무리하는 우주선이 보인다. 불시착한 우주선을 개조한 우리의 보금자리다. 우주선은 지구가 가장 잘 보이는 곳에 놓여 있다.

이 길을 걸을 때는 링이 항상 지구의 바다에 대해 이야기한다. 링이 할머니와 바다가 보이는 집에서 살면서 보고 느낀 다양한 것들. 파도, 바람, 짠 냄새, 주황빛 태양, 밤바다의 깊은 어둠까지. 매일같이 할머니와 바라본 바다는 우주처럼

                                                  오영민

끝없이 펼쳐져 있다고 했다. 그 모든 것을 링은 생생하게 기억한다. 그리고 링이 하는 모든 이야기에 루키는 늘 세심하게 반응한다.

언젠가 링이 할머니와의 마지막 순간을 들려주었다. 오랜 시간 함께했던 링이 혼자서 할머니와 작별하고 그 모습을 담아 가족에게 전했다고 했다. 그래서 미안했다고. 그게 왜 미안한 일인지 그때는 알지 못했다.

링의 기억 속 이야기를 듣다 보면 루키와 나도 그 추억 속에 있는 것만 같다. 그렇게 바다 이야기와 함께 우주선으로 돌아온다.

나와 루키가 자리를 비운 사이 링이 우주선의 주변을 정돈하고 쓰레기장에서 모은 물건들로 제법 멋지게 우주선 내부를 꾸몄다. 덕분에 꽤 안락한 분위기가 난다.

"아까 들고 있던 건 뭐였어?"

일을 마치고 돌아오면 링은 항상 갖고 온 물건이 있는지를 묻는다. 그리고 루키와 나에게 필요한 것들을 적절한 곳에 놓아 주곤 한다.

나는 리튬 이온 배터리를 보여 줬다.

"와, 거의 새것 같은데?"

이번엔 루키가 자루를 열어 무언가를 꺼낸다. 낯선 물건이다. 컵이라 하기에는 입구가 넓고, 어딘가 불편한 구조다.

"이게 뭐야?"

"화병이야! 꽃을 꽂아 두는 거지. 본 적 없어?"

"처음 봐. 지구에선 흔한 거야?"

루키가 가슴에 있는 모니터에 여러 집 안의 풍경들을 띄워서 보여 준다. 탁자 위에 꽃을 꽂은 화병들이 놓여 있다.

"아, 저렇게 쓰는 거구나. 꽃, 나무는 실제로 본 적이 없어."

"그럼. 식물이 살 수 있는 곳은 지구밖에 없으니까."

루키가 당연하다는 듯이 말한다.

"정말 지구 말고는 없을까? 그런 곳이."

내 말에 잠깐 침묵이 흘렀지만 이내 별거 아니라는 듯 링이 얘기한다.

"내일은 여기 꽂아 둘 만한 거 찾아 봐. 더 멋진 게 있을 수도 있지."

링은 화병을 입에 물고 어디에 둘지 고민한다. 그사이 루키는 새로운 곡을 찾아 볼륨을 올린다.

그때, 교신 신호가 들어온다.

"돌아왔어?"

"네! 오늘도 평화로운 쓰레기장이었습니다."

내가 대답한다. 지미의 웃음소리가 들린다. 하루의 일과를

  오영민

지미와 나눈다.

　하루에 한 바퀴를 돌 수 있는 행성. 네 군데의 쓰레기장. 그리고 이곳 우주선. 나에게는 정해진 일정과 규칙이 있다. 일정한 시간 동안 일한 뒤, 우주선으로 돌아와 충전한다. 혹시라도 배터리가 방전되면 충전이 완료되기까지 오랜 시간이 걸리기 때문이다. 지구에서 보내는 신호도 놓치지 않고 반응한다. 이제까지 내가 해 온 임무다.

　보고를 마치고 얼마 전에 찾은 게임팩을 꺼낸다. '우주 전설 시리즈'로 지구에서 유행했던 게임이라는데, 루키가 특히 좋아한다. 위성 신호를 잡았다. 오늘은 봐주지 않고 게임에 임하는 루키다. 내가 다섯 판을 내리 졌다. 페이스메이커 역할을 놓아 버린 루키를 이길 방법이 없다.

　"다시 눈치 좀 보라고 얘기해야 하나."

　내 감정 모듈이 오락가락한다. 루키는 한껏 거만한 자세를 취한다. 링은 루키가 전력을 다하는 모습이 흥미로운지 낡아서 삐그덕 소리 나는 꼬리를 계속 흔든다.

　"이 게임이 나한테 맞지 않는 거야. 다시 새로운 게임을 찾아야겠어."

　난 후다닥 게임기를 정리한다. 우리는 하루의 마지막 의식처럼 다 같이 밖을 향해 앉는다. 지구가 보인다. 멀리서도 분명하게 존재감을 드러내고 있다. 지구는 어떤 날은 차갑고 반짝이는 푸른빛을 금방이라도 쏟아 낼 듯이 보이고, 가끔은 하얗게 뭉쳐진 구름이 물결처럼 출렁이는 듯 보인다. 인간은 언제든지 이곳까지 닿을 수 있지만 나는 저곳에 갈 수 없다.

"오늘은 지구가 조금 가까워진 것 같다."

링이 말한다. 조금 움직인 것 같은 착각이 든다. 한참 밖을 바라보다가 우리는 전력을 줄이고 각자의 자리에서 충전을 시작한다.

※

"오늘도 무사한가, 친구들?"

지미가 오랜만에 화상 연결을 했다. 우리를 살피는 눈길이 느껴진다.

"네. 쓰레기가 계속 늘어나는 것 말곤 문제없습니다."

농담을 던지자 지미가 웃는다. 하지만 예전과는 조금 다르다. 웃고 있지만 긴장되고 어딘가 어색한 표정이다. 링도 알아챘는지 화면 밖에서 발을 들어 내 주의를 끌고는 낮은 목소리로 이야기한다.

오영민

"지미 표정이 좋지 않아."

"응. 그런 것 같아."

나는 나지막하게 대답한 뒤 지미에게 묻는다.

"지미, 무슨 일 있나요? 혹시 수거선에 문제라도?"

잠시 뜸을 들인 지미는 곧 소행성으로 출발할 거라고 말한다. 예정되어 있던 방문 시기보다 훨씬 이르다. 전과 같은 궤도로 움직이면 10일 후에 도착한다. 늘 그랬듯 3일 동안 나와 이곳의 상태를 점검하고 떠날 거다. 하지만 지미가 조심스럽게 뜻밖의 이야기를 꺼낸다.

"이번에는 가는 데 좀 오래 걸릴 거야. 수송선을 가지고 갈 거거든. 너희들을 회수해 올 거야."

우리는 순간 멈춤 기능이 작동이라도 한 듯 일시 정지된다. 지미는 말을 이어 간다.

"알다시피 소행성 AE-1.2는 약한 안정 경계에 놓인 일시적 포획 상태였어. 일단 시급한 쓰레기부터 모아서 처리하고 대체 행성을 찾을 계획이었는데 우주 먼지가 늘고 소행성이 무거워지면서 예상보다 빨리 궤도를 벗어나고 있어. 균형이 깨지고 있는 거지."

"그럼 어떻게 되나요?"

"궤도를 벗어나면 태양 쪽으로 끌려갈 수도 있고, 지구에 가까워진다면 핵폭탄을 발사해서 제거할 거야.”

“소행성을 살릴 방법이 있나요?”

“없어. 지구 궤도로 다시 진입시키기에는 질량도 크고 추진 수단도 부족해.”

분석이 완료되었다. 소행성 AE-1.2를 살릴 만큼의 비용과 시간을 들일 이유가 지구는 없다. 지미가 파일을 전송한다.

“떠나기 전 마지막 임무야. 해야 하는 건 여기까지야.”

내가 파일을 수신하자 지미는 밝은 목소리로 다시 말을 잇는다.

“걱정하지 마. 본부를 설득했고, 난 너희를 꼭 데리고 올 거야. 예상 소요 시간 40일, 960시간이야. 최대한 빨리 갈게. 지구에 오면 우리 실컷 놀자고!”

나는 알겠다고 응답하고 화면을 끈다. 무슨 말을 해야 할지 모르겠다. 루키와 링의 생각도 알 수 없다. 이제껏 익힌 단어에서 친구들의 마음을 추측해 볼 단어를 찾기 쉽지 않다. 그런데 링은 용감하게도 복잡한 마음을 음성으로 내뱉는다.

“무슨 생각 해? 우리 어떻게 해야 하는 거야? 이런 상황은 내 생활 지침에는 없었는데 말이지.”

“일단 지미가 보내 준 파일을 확인하자. 할 일을 하면서 생

                                        오영민

각도 정리해 보자고!"

루키는 여전히 침착하다. 그 말에 나의 감정 모듈이 안정값을 되찾는다. 하지만 아직 아무 말도 나오지 않는다.

파일을 열자 우리가 40일에 걸쳐 해야 할 일들이 시간순으로 정리되어 있었다. 준비를 꽤 오래 한 것으로 보인다. 일의 대부분은 쓰레기를 정리하는 것이다. 어디로 튕겨 나갈지 모르는 소행성에 쓰레기를 방치했다가는 사고가 일어날 게 뻔하다. 루키 때와 다르게 우주 정거장에 수거선이 있지도 않을 테니 위험하다.

먼저 생활 폐기물을 대량으로 묶어 적절한 타이밍을 기다렸다가 태양 쪽으로 날려 보내야 한다. 폐기물을 나르고 묶는 작업을 루키가 맡고, 수송선에 실을 재활용품들은 링이 모으기로 한다.

가장 어려운 일은 방사능 폐기물을 비롯한 위험 물질을 매립하는 것이다. 돔에 그대로 두기엔 위험 요소가 너무 많다. 고위험 물질은 폭발할 수도 있다. 지미가 고위험 물질들을 묻을 수 있게 냉각 캡슐을 가져오겠다고 메모를 남겼다. 나는 드릴 팔로 교체하고, C 구역을 깊숙이 파기 시작한다. 우리는 차근차근 지미가 보내 준 계획대로 움직인다.

지미가 도착하기까지 30일 남았다.

우리는 계속 자동화 시스템처럼 말없이 움직이고 있다. 쉴 틈 없이, 짜인 시간대로만. 최소량의 에너지가 남을 때까지 일하고 곧바로 충전한다. 평소처럼 함께 이야기하거나 게임을 할 여유는 없다.

드릴이 회전하며 돌을 파고드는 소리가 유난히 시끄럽다 했는데 갑자기 '팅' 소리와 함께 균열이 간다. 전보다 큰 진동이 느껴지더니 팔이 부러진다. 팔 끝에 회로가 드러난다. 어깨까지 불꽃이 튀고, 몸체에선 빨간 불이 깜빡인다. 그리고 경보음이 울린다. 맡은 일을 하던 링과 루키가 달려온다. 둘은 부러진 드릴 팔과 나, 파여 있는 구덩이를 번갈아 바라본다. 루키가 먼저 말한다.

"우주선으로 가자! 재활용 부품 중에 비슷한 로봇 팔이 있을 거야. 그걸로 응급처치를 해 보자."

"움직이는 건 가능하지?"

링이 묻는다. 나는 헤드를 끄덕인다.

"지미에게 연락해야겠지?"

내 물음에 둘 다 대답을 못 한다. 그저 부산하게 움직인다.

링은 이제까지 중 가장 빠르게 달려 로봇 팔을 찾고, 루키는 지미가 날 점검했던 기억을 되살려 부러진 팔을 떼어 낸다. 나는 지미에게 응답을 요청했지만 전보다 신호가 더 불안정해졌는지 쉽게 연결이 되지 않는다.

귀신 같다며 농담하던 그 소리도 점점 커지고 잦아진다. 크고 작은 진동마저 느껴지고, 링이 가까워진 것 같다고 했던 지구는 어느새 누구나 알아챌 만큼 다른 자리에 떠 있다. 하루하루가 다르게 AE-1.2는 궤도를 이탈 중인 것이다.

재차 교신을 시도하지만 이번에는 신호조차 잡히지 않는다.

한참 뒤, 상황을 들은 지미는 몇 번이나 탄식을 쏟아 낸다. 그리고 루키에게 차근차근 설명을 한다. 루키는 내 몸체에서 삐져나온 회로를 정리하고 찾아낸 팔을 끼운다. 어색하고 다소 부자연스럽지만 링과 루키의 도움으로 난 새로운 팔을 가진다. 잠시 다른 곳과 교신하던 지미가 기쁜 듯이 말한다.

"걱정 마, 아스터! 가장 가까운 우주 정거장에서 원래 팔과 동일한 부품의 재고를 확인했어. 대신 도착 시간은 좀 더 늦어질 거야. 하루? 이틀? 너희한테 필요한 고체 배터리들도 더 챙길 테니까 잘 버티고 있어. 곧 보자!"

최대한 안심시키려는 지미의 노력이 보인다. 교신을 마치고 우리 셋은 오랜만에 나란히 앉는다. 에너지 잔량도 떨어지고 기분도 가라앉는다. 그 와중에도 내 헤드 시스템은 해야 할 일들을 계속 정리 중이다. 구덩이를 더 파지 않아도 될까? 재활용 부품은 얼마나 실을 수 있을까? 여러 생각이 뒤섞이다가 문득 지미의 말이 스친다. 동일한 부품?

"내 정식 이름은 아스터11이지. 어쩌면 지구에 나와 같은 아스터가 열 대는 더 있을 수도 있겠어."

"그럴 수도."

"그 뒤로도 있겠지."

루키와 링이 차례대로 대답한다. 생각해 보지 않았던 일이다. 나와 같은 로봇이 있다니. 난 여기 항상 혼자였고, 링과 루키가 곁에 있지만 나와는 분명 다른 존재니까, 같은 내가 있다는 건 이상하다.

"얼마나 많이 있을까? 스무 대? 아니면, 서른 대?"

"아스터, 네가 만들어진 지 10년이 넘었어. 내 생각엔 백 대는 넘을 거야. 아마 새로운 버전도 몇 번은 나왔을 거고."

링의 깔끔한 대답에 나의 감정 모듈이 요동친다.

"그럼, 내가 지구에 가면 그 백 대 어쩌면 이백 대 중에 하나가 되는 건가? 지미에게도?"

  오영민

"아마도."

루키가 망설임 없이 대답하곤 덧붙인다.

"나도 그럴 거야. 업그레이드된 루키가 아마 가정마다 하나씩 있지 않을까?"

"그래도 지미에게 난……."

"아스터! 네가 지미에게 도움될 거란 생각은 하지 마."

내 말을 단호하게 자른 건 링이다.

"어떻게, 그걸 확신해?"

확신에 찬 말에 화가 난다.

"넌 할머니에게 도움을 주었잖아. 마지막 순간까지 그 곁을 지켰고. 남은 가족들이 널 버렸더라도 할머니에게만은 꼭 필요한 존재였다고."

링은 잠깐 생각하는 듯하더니 말한다.

"맞아. 어디서든 할머니가 안정적인 생활을 유지할 수 있도록 내 모든 감각을 썼어. 대화도 하고 애착 행동으로 편안함도 주고 일상을 함께하며 모든 걸 기록했어. 그게 문제였어. 마지막 순간, 할머니는 날 원망했거든. 내가 생긴 그 순간부터 아무도 할머니를 찾아오지 않았다고. 가족들은 나를 통해 할머니의 건강 상태를 알고, 필요하면 즉시 의사를 부르고, 어디든 갈 수 있게 준비했지만 그들의 손길은 없었어.

난, 할머니에게 사랑받는다고 느꼈지만 그건 옆에 나밖에 없기 때문이었어. 할머니는 늘 바다 건너에 있는 가족들을 그리워했던 거야."

처음 듣는 이야기다.

"난 그냥 물건이었던 거야. 할머니에게 위로가 되지는 못한 거지."

이제야 링의 상처가 보이는 것 같다.

"지구를 그리워한다고 생각했는데. 아니야?"

"때때로 생각은 나지만, 그냥 그 기억만으로 충분해. 그래도 갈 수밖에 없다면……. 지미 곁에 머무르고 싶지는 않아."

"그럼?"

"다른 꿈이 있어."

"뭔데?"

나와 루키가 번갈아 묻는다.

"유기견."

"뭐?"

나와 루키는 링이 시스템 오류라도 일으킨 게 아닌가 하고 점검 모드를 작동시킬 뻔한다.

"유기견! 갈 곳은 없지만 어디든 갈 수 있잖아. 지금보다 조금 더 자유롭게."

오영민

　소행성이 사라져 가는 지금도 난 지미의 곁을 떠날 수 있다는 생각을 해 보지 못했다. 감정 모듈이 과부하 상태에 이른다. 모든 감지기가 깜빡거린다.

"아스터, 이러다 너 터지겠어."

　루키는 그렇게 말하며 내 옆에서 한 발짝 떨어진다. 장난스럽게 분위기를 바꾸려 하지만 어쩌면 루키도 지구로 가고 싶지 않을 수 있겠다는 생각이 든다. 잠깐의 정적이 흐르고 루키가 조심스럽게 입을 연다.

"나는 돌아가면 다시 일이 주어지겠지. 운 좋으면 업그레이드도 될 거고. 싫은 건 아닌데……. 좀 그리울 거야. 여기서처럼 힘껏 달리거나 능력껏 게임을 하는 건 어려울 테니까. 실력대로 하면 다 이길 수 있는데 말이지."

　여전히 장난스럽게 말하지만 아쉬운 마음은 느껴진다.

　어느새 긴장 모드가 해제되고, 감정 모듈도 잠잠해진다. 아까까지만 해도 반드시 해야 한다고 생각했던 그 많은 일들이 이제는 아무 소용 없이 느껴진다.

　오랜만에 보금자리 우주선에서 셋이 나란히 지구를 바라본다.

"처음이었어. 날 위해 꾸며진 공간."

　루키의 말에 나도 고개를 끄덕인다. 링도 꼬리를 천천히 흔든다.

※

지미를 만날 날이 다가온다. 그동안 난 새로운 팔에 완전히 적응했다. 다른 아스터에게는 없을 이 팔은 쓰레기를 처리하기엔 불편하지만 나름대로 장점이 있다. 지미가 가져오는 새로운 팔은 이곳을 떠나면 필요가 없겠다는 생각이 든다.

우린 정해진 임무를 따르는 게 아니라 우리만의 속도로 새로운 행성을 찾는 여행을 꿈꾸기 시작했다. 같은 존재가 수십 개, 어쩌면 수백 개 있는 곳이 아닌 유일한 존재가 될 수 있는 곳을 택하기로 했다. 우린 지구로 가지 않을 것이다.

이제 우리의 계획대로 시간을 보낸다. 루키는 더 빠르게 우주선 곳곳을 점검하고, 에너지를 충전할 수 있는 태양광 패널을 행성 한가운데서 우주선으로 옮겨 단다. 링은 필요한 물품들을 더 신중히 골라 가지고 온다. 난 세심히 에너지원을 찾는다. 최대한 많이 실을 예정이다.

늦은 시간에는 우주선에 모여 다 함께 어디로 갈지 고민한다. 우주 데이터에 접속을 시도해 보지만 계속해서 오류가 뜬다. 정보를 수집할 수 없다. 이런 상태로는 지미가 잘

오영민

도착할 수 있을지도 의문이다. 하지만 지미를 믿고 기다린다. 그리고 마지막 인사를 할 것이다.

예정일보다 하루 늦게 지미가 탄 수송선이 소행성에 착륙했다.

"안녕! 친구들."

오랜 비행 뒤에도 지미는 피곤한 기색 없이 밝게 인사를 한다.

"나만 나이가 들었군. 친구들은 그대로야. 아스터, 팔은 어때?"

반가움 속에서도 지미는 나의 안전을 먼저 확인한다. 하지만 우리에겐 시간이 많지 않다. 불안정해진 AE-1.2를 빨리 떠나야 한다. 지미가 수송선에 실을 재활용품을 챙기며 분주하게 움직인다. 우리 셋은 머뭇거리며 서 있다. 내가 천천히 입을 연다.

"지미."

지미의 손이 멈춘다.

"할 이야기가 있어요."

나를 바라보는 지미의 눈이 흔들린다. 그 눈을 보며 우리의 이야기를 전한다. 지미의 표정이 변한다. 분석할 수 없는 표정이다. 호흡이 약간 불규칙해졌지만, 다행히 심장 박동

수나 교감 신경은 정상인 것 같다. 나는 데이터 수치가 아니라 지금껏 내가 보아 온 지미의 얼굴들을 떠올린다. 그리고 묻는다.

"기쁨과 슬픔이 섞인 감정도 있나요?"

지미는 나를 물끄러미 바라본다.

"지미가 지금 그런 표정인 거 같아서요."

"……정확하네."

주변에 굉음이 커지고 진동으로 인한 기계음이 끊임없이 울린다. 한참 만에 지미는 어렵게 입을 연다.

"화면 속 너희의 모습이 조금씩 달라지고 있다는 걸 느끼고 있었어. 좀 더 빨리 왔어야 했나. 휴!"

이번에는 지미의 얼굴에 슬픔의 빛이 좀 더 강해진다.

"아스터, 루키, 링! 꼭 너희들이 머물 새로운 행성을 찾길 바랄게. 그리고 언젠가, 한 번은 나를 찾아와."

그러고는 한마디 덧붙인다.

"이젠 나이 들어서 비행은 못 해, 그러니 너희가 지구로 와. 꼭!"

지미는 가져온 모든 에너지원을 우리의 우주선에 싣는다. 그렇게 우리를 응원한다.

지미가 떠나고 우리도 서두른다. 링이 우주선 한편에 화

오영민

병을 옮겨 둔다. 우리가 가는 곳에는 화병에 꽂을 수 있는 새로운 무언가가 있을 것이라 믿고 힘차게 엔진을 켠다.

우주에서 누구도 가 보지 못한 길로 떠난다. 이 기분은…… 뭐랄까……? 최고다!

‘이야기’라는 단어를 애정합니다. 그 안에는 이미 수많은 감정이 쌓여 있기 때문입니다.

화성으로 떠난 로봇이 있었습니다. 정해진 수명을 훌쩍 넘겨 임무를 이어 가다 통신이 끊겼던 ‘오퍼튜니티’. 만약 그 로봇이 멈추지 않았다면, 그리고 스스로 정한 목적지를 향해 새로운 여행을 시작했다면 어떨까 하는 상상에서 아스터의 이야기는 시작되었습니다.

이제 링과 루키, 아스터가 함께하는 여정이 여러분의 상상 속에서 더 마음껏 펼쳐지기를 바랍니다.

저에게 사진처럼 선명하게 남은 장면들이 있습니다. 친척들로 북적이는 거실, 토라진 나를 무심히 바라보던 오빠, 북적이는 교실 한구석에서 소곤거리던 우리, 만화책 속의 문

 오영민

장 하나, 낡은 차에 시동을 걸던 아빠의 뒷모습과 내 등을 쓸어 주던 엄마의 손길, 그리고 경외심을 불러일으켰던 기사 한 줄. 앞으로도 기억을 하나씩 꺼내어 글을 쓰겠습니다. 제가 엮은 이야기가 누군가의 기억 속에 한 장의 선명한 사진으로 남을 수 있도록 고민하겠습니다.

이야기를 함께 나눈 벗들에게 감사합니다.
소중한 기회를 주신 한낙원과학소설상 관계자분들과 책으로 나오는 마지막 과정까지 애써 주신 편집자분들께 마음을 담아 인사를 전합니다.

마지막으로, 든든한 버팀목이 되어 준 사랑하는 가족들, 고맙습니다.
덕분에 저는 오늘도 이야기를 씁니다.

오영민

오영민

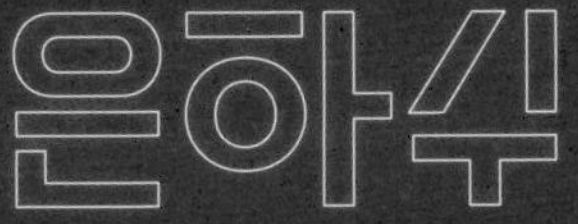

나는 검은 땅에서 깨어났어. 끈적끈적해서 물인지 흙인지 조차 구분하기 어려운 곳이지. 군데군데 형광 녹색 풀들이 늘어져 있고, 어딘가에 고여 있는 폐수에서 메탄과 암모니아 가스가 거품처럼 부글부글 올라오고 있어.

검은 땅의 한쪽 끝에는 103층짜리 수직 농장이 반짝이고 있어. 곳곳에는 LED 조명이 환히 빛나고, 층마다 각 작물에 최적화된 온도와 습도가 유지되고 있지. 도시로 공급되는 모든 농작물이 자라는 곳, 그 어디보다 사람들이 쾌적하다고 생각하는 곳이야.

다른 한쪽은 폐기물 처리장이야. 안이 전혀 보이지 않는, 거대한 회색 건물은 24시간 굉음을 토해 내고 있어. 도시의 온갖 더러운 것들이 모이는 곳이지.

내가 태어난 곳은 그 사이 경계 지역, 바로 수직 농장과 폐기물 처리장이 맞닿은 검은 땅이야.

사람들은 아직 모르지. 이곳에서 새로운 알들이 깨어나길 숨죽여 기다리고 있는 것을……. 그 시작이 나야. 나는 먼저 천천히 이 도시를 돌아보고 친구들에게 이야기를 들려줄 거야.

오늘은 저기, 혼자 버스를 타고 가는 저 아이가 눈에 띄네. 아이를 따라 좀 더 돌아볼까.

딱 25도 기울어진 고개, 한순간도 깜빡이지 않는 눈, 가볍게 다문 입. 국어 선생님이 수업 시작종과 함께 교실 안으로 들어서는 나를 가만히 쳐다본다. 난 종소리가 끝남과 동시에 자리에 앉았다.

"김선하! 오늘도 정확히 수업 종소리에 맞춰 들어오는구나. 더도 덜도 말고 5분 일찍 움직이라고 열네 번째 얘기하고 있는데 알고 있니?"

"네."

"그래. 그럼 열다섯 번 얘기하는 일이 없길 바라며 수업 시작하자."

선생님이 칠판 쪽으로 돌아서자 나를 쳐다보던 아이들의 눈길도 일제히 앞을 향했다.

"시험 대비 첫 번째 시간입니다. 오늘은 옛시조를 다시 읽

 오영민

어 보며, 화자의 감정뿐 아니라 그 당시의 모습을 함께 떠올
려 보세요."

〈이화우(梨花雨) 흩날리던 밤〉
이화우(梨花雨) 흩날리던 밤, 홀로 잠 못 들고
창가에 기대어 보니 은하수만 흐르네.
사무친 그리움은 강물 되어 밀려오고
……
……
서러운 마음 알아줄 이 있으리.

아이들 모두 중얼중얼 주문을 외듯 읽어 낸다.
"사무친 그리움은……."
국어 선생님이 다시 시조를 읊을 때였다.
"지금이야. 글썽여 주고요. 지금은, 떨리는 목소리."
옆에 앉아 있던 연석이가 속닥거렸다. 그 순간 선생님은
눈물을 글썽였고, 목소리를 떨었다.
"흐흐흐. 그것도 외웠냐?"
나는 한껏 몸을 낮추고 웃음을 참으며 말했다.
"그럼, 내가 촬영한 영상 보면 국어 선생님은 다 정해져 있

어.”

덩달아 입가를 씰룩이며 웃음을 참던 주변 아이들의 표정이 순식간에 굳어 버렸다. 아이들의 시선이 내 머리 너머 한 곳으로 쏠렸다. 고개를 드니 아니나 다를까 선생님이 서 있다. 일자로 쭉 찢어진 눈썹을 하고 단단한 말투로 말했다.

“오늘은 벌점을 몇 점 받으려고 이러지?”

하. 작게 숨을 몰아쉬었다. 그래, 작은 소리도 그냥 지나칠 리가 없지. 그 옛날의 은하수와 그리움보다 조금도 흐트러짐이 없는 국어 선생님이 더 멀게 느껴졌다. 쉬는 시간 종이 울렸다. 다음 수업 때 우린 시조의 지은이가 살던 시대로 VR을 통해 시간 여행을 할 예정이다. 똑같은 표정으로 똑같은 말을 반복하는 선생님과 함께.

나는 자리를 박차고 일어났다. 교실에는 정화 시스템이 쉴 새 없이 돌아간다. 오염된 바깥 공기를 차단하기 위해 창문도 꼭꼭 닫아걸었다. 학교에 올 때도 마찬가지다. 등교 준비를 마치고 현관 앞 센서에 손을 대면 가장 가까운 곳에 있는 에어 실드 셔틀버스가 집 앞에 온다. 지구의 대기 오염이 심각하기 때문에 실제 자연과의 접촉은 ‘생체 오염’이라고 배웠다. 나이가 어릴수록 더 철저하게 보호하기 위해 바깥 공기와의 접촉을 가능한 한 차단한다. 모두 ‘안전 교육법’에

 오영민

정해진 대로다.

하지만 나는 학교에 올 때마다 생각한다. 꼭 배송지가 정해진 상품이 된 것 같다고. 오염된 곳은 바깥일 텐데 정작 숨이 막히는 곳은……. 이런 기분에 빠질 때면 손목에 찬 바이오 링크 밴드가 푸르게 반짝인다. '우울감 수치 이상'이라는 문구와 함께 상담과 운동을 권하는 것이다. 나는 옷소매를 손목까지 끌어당겨 밴드를 가렸다.

창밖이라고 새로운 것이 보이진 않는다. 버스에서 보았을 때보다 조금 밝아진 거리, 약해진 빗소리가 전부다. 도시의 어디서든 보이는 수직 농장만 저 멀리서 빛나고 있다. 한참 멍하니 바라보다 빗속을 날고 있는 무언가를 발견했다. 그것이 내 주위를 빙빙 맴도는 기분이 든다. 아주 작은데 존재감이 뚜렷했다. 주변을 살폈다. 다행히 아무도 나에게 관심을 두고 있지 않았다. 조심스럽게 창문 잠금장치에 손을 댔다. 손목 위에 밴드가 주황색을 띠며 나의 긴장감을 나타냈다.

창문을 함부로 열어서는 안 된다. 그것은 학교에서 귀에 못이 박히도록 배운 가장 중요한 안전 수칙이자 절대 어겨서는 안 될 교칙이었다. 하지만 유리창 너머에서 파닥거리는 저 작은 생명체를 본 순간, 나는 이상한 동질감을 느꼈다.

늘 굳게 닫힌 창 안쪽에서 밖을 내다보기만 하던 나와, 밖에서 안을 들여다보고 있는 저 존재. 녀석도 나처럼 이 단단한 경계를 넘고 싶어 한다는 확신이 들었다.

결국 나는 금기를 깨기로 했다. 떨리는 손가락 끝에 힘을 주자, 늘 굳게 닫혀 있던 창문이 삐걱거리며 아주 조금 열렸다. 좁은 틈새로 훅 하고 바깥 공기가 밀려 들어왔다. 퀴퀴한 흙먼지 냄새, 그리고 희미하게 느껴지는 습한 기운. 낯선 감각이었다.

그때, 회색빛 먼지처럼 작은 생명체가 열린 틈새로 빠르게 들어왔다. 순식간이었지만 어렴풋한 형태는 보였다. 나는 서둘러 창문을 닫았다.

다음 시간, 최민환 선생님이 쩌렁쩌렁한 목소리와 함께 교실 문을 열었다.

"오늘은 어떤 친구들을 만나 볼까?"

선생님이 홀로그램 장치를 작동시키자 교실 한가운데에 푸른 숲이 펼쳐졌다. 선명한 초록빛과 새소리에 아이들은 감탄했지만, 내 코끝에는 방금 창틈으로 들어온 눅눅한 흙먼지 냄새가 여전히 맴돌았다. 눈앞의 숲은 지나치게 깨끗해서 오히려 가짜처럼 느껴졌다.

"오늘은 멸종 위기종에 대해 알아볼게."

오영민

선생님이 홀로그램 숲을 가리켰다. 선생님의 손끝을 따라 아이들의 시선이 일제히 움직였다. 나비, 무당벌레, 매미. 홀로그램 곤충들은 매끈한 날갯짓을 하며 공중을 떠다녔다. 아이들은 매번 보는 장면인데도 처음인 양 환호성을 질렀다. 하지만 나는 심드렁하게 등받이에 몸을 기대었다. 데이터로 정교하게 계산된 저 곤충들은 날갯짓 하나조차 일정한 박자로 반복할 뿐이었다. 수십 번은 더 본 지루한 광경이었다.

그때였다. 홀로그램 나무줄기 위에 툭 튀어나온 회색빛 날개가 내 눈에 들어왔다. 녀석은 줄기를 타고 자유롭게 올라가고 있었다. 투박하고, 불규칙하며, 무엇보다 그 흙먼지 냄새가 나는 것만 같았다.

'저 녀석이었어.'

뒷덜미가 뻣뻣하게 굳었다. 저게 진짜 생물이라는 게 밝혀지는 순간, 내가 창문을 열었다는 사실도 들통날 수 있었다. 가슴이 미친 듯이 뛰면서도 그 생명체로부터 시선을 뗄 수가 없었다.

"선생님! 저기요!"

반장인 진희가 손을 들어 무언가를 가리켰다.

"저 곤충은 뭐예요? 진짜 같아요!"

진희가 가리킨 건 그 생명체였다. 회색빛 날개가 양쪽에 두 개씩, 네 개가 달려 있었다. 최민환 선생님이 활짝 웃었다.

"오호! 관찰력이 좋네! 이 친구는 멸종된 잠자리야. 흠…… 좀 다른 부분이 보이긴 하지만 말이지."

선생님은 그 회색 잠자리를 확대해서 보여 주었다. 날개의 미세한 그물 무늬와 더듬이, 심지어 몸에 난 가느다란 털까지 커다랗고 선명하게 펼쳐졌다. 아이들 사이에서 엇갈린 반응이 터져 나왔다.

"와 진짜 신기하다! 저렇게 생긴 건 처음 봐!"

"난 좀 징그럽다. 다리가 너무 뾰족해 보여. 소름 돋아."

"야, 어차피 가짜인데 뭐."

녀석은 홀로그램의 일부인 양, 완벽하게 홀로그램 속 환경에 녹아들었다. 최민환 선생님은 잠자리가 움직이는 것을 보고 고개를 갸웃거렸다. 잠자리의 날갯짓에 내 심장도 따라서 빠르게 뛰는 것만 같았다. 수업 내내 잠자리는 숲속을 자유롭게 날아다녔다. 꽃에 앉았다가, 풀잎을 기어다니기도 했다. 아무도 잠자리가 일으키는 자잘한 소동들을 알아차리지 못하고 수업은 마무리되었다.

난 수업이 끝나고도 그 잠자리를 계속 눈으로 좇았다. 잠자리는 자꾸만 감쪽같이 사라졌다가 불현듯 나타났다.

종례 시간이 되었다. 담임인 국어 선생님이 다시 교실에

                                                        오영민

들어왔다. 선생님이라면 바로 눈치챌 것이었다. 심장이 아까보다 더 빠르게 쿵쾅거렸다.

"오늘도 잘 마무리되었네요. 앞으로 3일간 온라인 수업에서 만나요. 시간 잘 지키고!"

선생님이 나를 보며 차가운 웃음을 지었다. 난 그 시선을 모른 척했다. 그때였다. 선생님의 눈 바로 앞으로 잠자리가 날아들었다. 선생님은 눈썹을 치켜올리며 손가락으로 잠자리를 잡으려 했다. 손끝이 닿은 듯했지만 생각보다 잠자리는 빨랐다. 어느 순간 또 사라지더니 다른 방향에서 불쑥 나타났다. 갑자기 교실이 소란스러워졌다.

"조용! 조용히! 자리에 앉아요!"

선생님의 눈동자가 미세하게 떨렸다. 그러고는 갑자기 선생님의 입에서 기계음이 흘러나왔다.

"데이터베이스 검색 중……."

잠자리는 계속 날았다.

"검색 결과 없음."

선생님이 다시 눈을 굴려 잠자리를 스캔했다.

"재검색 중…… 곤충 유형 분석 중……."

천장에 달린 방역 감지기의 빨간 불이 깜빡거렸다. 선생님의 눈이 잠자리에 고정됐다.

“개체 식별 불가, 위협 수준 평가…… 불가, 대응 프로토콜 검색 중…….”

소리는 점점 떨리고 느려졌다.

“저, 저거 잡아야 하는 거 아니야? 선생님이 이상해!”

연석이의 목소리가 파르르 떨렸다. 겁에 질린 듯했지만, 어딘가 모르게 들뜬 흥분이 섞여 있었다.

“미쳤어? 저걸 어떻게 잡아!”

진희가 날카롭게 쏘아붙였다. 진희의 얼굴은 이미 새하얗게 질려 공포로 가득 차 있었다. 아이들은 비명을 지르며 교실 뒷벽으로 몰려갔다. 누구 하나 선뜻 나서지 못한 채 서로의 옷자락을 붙들고 덜덜 떨 뿐이었다. 내가 벌인 일인데 나 역시 아무것도 할 수 없었다.

“비정상 미립자 감지! 외부 오염 물질 유입! 즉시 창문 봉쇄합니다!”

감지기의 경고 방송과 동시에 창문의 특수 셔터가 내려오며 육중한 소리가 났다. 외부와 차단하기 위해 모든 채광창이 가려지자, 환하던 교실은 순식간에 어둠에 잠겼다. 푸른 비상등만이 어둑한 교실을 희미하게 밝혔다.

“꺄악!”

어둠 속에서 아이들의 울음소리와 비명이 터져 나왔다.

오영민

방역 감지기에 달린 노즐이 각도를 바꿔 가며 잠자리를 노렸다. 하지만 좀처럼 타이밍을 잡지 못했다. 잠자리는 번번이 노즐을 따돌렸다. 마침내 노즐이 잠자리를 조준했을 때, 그 녀석은 선생님의 머리 위로 내려앉았다. 그 순간 정화용 나노 젤이 발사되었다. 정확히 선생님의 머리로.

걸쭉한 젤이 서서히 선생님의 내부로 스며들었다. 선생님의 관절이 하나씩 멈췄다. 깜빡이던 눈빛도 완전히 꺼졌다. 옆 교실에서 최민환 선생님이 뛰어왔다. 경보음이 학교 전체에 울렸다. 최민환 선생님이 빠르게 상황을 파악하고 소리쳤다.

"얘들아, 대피 공간으로 가, 어서!"

선생님은 진희에게 신호를 보내고 다른 교실로 뛰어갔다. 안전 교육 시간에 수없이 본 신호였다. 진희가 바로 알아채고 교실에 크게 외쳤다.

"가자!"

진희는 가장 먼저 문으로 달려갔다. 모두들 다른 것을 생각할 여유도 없이, 앞사람의 뒷모습만 좇으며 대피 공간으로 향했다. 나도 멍하니 그 뒤를 따르다 걸음을 멈췄다.

"선하야, 안 오고 뭐 해! 빨리 와!"

대열을 이끌던 진희가 날카롭게 외쳤다.

"내가 들여보냈어."

"뭐? 뭘?"

"그 잠자리 말이야. 이대로 두면⋯⋯."

무엇을 걱정하는지 나도 잘 모르겠다. 다만 잠자리가 잡히게 두고 싶지 않았다. 잠자리와 가장 먼저 접촉한 건 나였지만 아무 일도 일어나지 않았다. 그러니 잠자리는 해롭지 않을지도 모른다. 아니면 아직은 모르는 걸까. 내 망설임을 이해하지 못한 진희는 짜증 섞인 얼굴로 다시 걸음을 옮겼다. 애초에 내 대답을 기다릴 여유 따윈 없어 보였다.

나는 대피 대열에서 벗어났다. 뒤에 있던 연석이가 나를 잡았다.

"야, 어디 가?"

"잠자리를 찾아서 내보내야 할 것 같아."

"와, 대박."

연석이는 기대감을 숨기지 않고 눈을 반짝이며 나를 바짝 뒤따랐다.

"너까지 올 필요 없어."

문을 연 건 나니까. 내 싸늘한 경고에도 연석이는 아랑곳하지 않고 손목의 밴드를 조작했다.

"이런 역대급 상황을 놓칠 순 없지. 가자!"

오영민

연석이의 밴드는 고화질 촬영과 외부 프로그램 접속이 가능하도록 불법 개조된 것이다. 사용자가 어디에 있는지, 지금 기분이 어떤지까지 실시간으로 국가 서버에 전송하는 이 관리 기기를 제멋대로 바꾼 건 전교에 연석이뿐이었다. 어떤 수로 관리 시스템을 속이고 있는지는 알 수 없었다.

연석이의 밴드에서 '실시간 촬영' 모드가 켜졌다. 이제 렌즈 너머로 내 모습이 기록될 것이다. 나는 연석이를 말릴 수 없었다. 어느새 진희가 다가와 있었다.

"미쳤어? 지금 나가면 알아서 자체 소독되고 마무리될 수 있는데. 너희가 여기 남아서 접촉자로 분류되면 방역 드론이 뜰 수도 있어. 드론이 뜨는 순간 현장에 있던 사람들은 붙잡혀 정밀 검사를 받아야 해. 만약 검사 결과에 양성이라도 나오면 그대로 영구 격리될 수도 있는데, 너희 진짜 감당할 수 있어?!"

진희는 소리 지르듯 말을 쏟아 냈지만, 목소리에는 숨길 수 없는 두려움이 느껴졌다. 방역 드론은 단순히 오염 물질만 처리하는 기계가 아니었다. 오염원과 접촉한 사람을 한 명도 빠짐없이 찾아내 방역 센터로 인계하는 '관리자'였다. 하지만 나도 물러설 수 없었다.

"알아! 그래도 수습을 해야 할 것 같아. 잠깐이면 돼!"

"혹시라도 문제 생기면 너네를 두고 나간 나도 징계 받을 수 있다고!"

진희의 말투는 점점 거칠어졌다. 우리를 지켜보던 연석이가 말했다.

"야, 선하가 잠깐이라잖아. 넌 가서 다른 애들 챙겨."

연석이는 내 팔을 툭 치며 빨리 가자는 신호를 보냈다. 연석이와 나는 서둘러 교실로 뛰어갔다. 다행인 건지 잠자리는 아직 그 자리를 맴돌고 있었다. 유유히 날던 잠자리는 조금씩 속도를 내서 복도 반대편으로 날아갔다. 공기 정화 기능이 꺼졌는지 공기가 조금씩 탁해지는 게 느껴졌다. 그때 뒤에서 누군가 뛰어오는 소리가 들렸다. 진희였다.

"대피 지연 신호 보냈어. 딱 10분이야. 그 이후엔 난 책임 못 져."

나는 작게 고개를 끄덕였다. 잠자리가 복도 끝에 있는 과학실로 들어갔다. 우리는 호흡을 고르며 따라 들어갔다. 과학실은 고요했다. 가만히 집중하면 날갯짓 소리까지 들을 수 있을 것 같았다. 잠자리는 전보다 더 빛나 어두운 조명에서도 선명하게 보였다. 신기하게도 녀석이 날갯짓을 할 때마다 과학실의 탁한 공기가 조금씩 깨끗해지는 기분이 들었다. 먼지 냄새 가득하던 복도와 달리, 숨쉬기가 편해지는 것

오영민

같았다. 그 느낌이 신기해 우린 잠깐 동안 넋을 놓고 잠자리를 바라봤다. 이내 연석이는 정신을 차리고 촬영 각도를 조절했고, 진희가 벽면을 눈짓으로 가리켰다. 거기에는 생물 실험용 네트 건이 있었다. 나는 그것을 조용히 집었다. 회색 잠자리가 실험대에 사뿐히 내려앉는 순간, 내 밴드가 빨갛게 빛났다. 그 빛에 반응하기라도 한 것처럼 잠자리가 다시 날아올랐다. 밴드를 빼 버리고 싶다는 충동을 느꼈다. 내 마음을 눈치챘는지 진희가 말했다.

"그거 빼는 순간, 우선 보호 대상자에서 제외돼. 알지?"

경고와 타이름. 둘 다였다.

우린 숨을 죽인 채 사방을 살피며 녀석의 흔적을 쫓았다. 점점 다급해졌다. 반대편 구석으로 가던 연석이가 손짓했다. 잠자리가 보였다. 난 조심스럽게 다가가 침착하지만 빠르게 방아쇠를 당겼다. 잠자리가 그물에 갇혔다. 그 순간 잠자리는 명명한 빛을 뿜어냈다. 곧이어 그물은 녀석의 크기에 맞게 수축하더니, 매끈한 캡슐로 변했다. 나는 캡슐을 품고 지체 없이 복도로 나갔다. 방역 기능으로 학교가 폐쇄되기까지 1분도 채 남지 않았다. 3층에서 1층까지 전력 질주했다. 마지막 폐쇄 알림 신호가 울림과 동시에 우린 대피 공간으로 몸을 피했다.

일사불란하게 먼저 대피한 친구들은 셔틀버스를 타고 안전하게 집으로 돌아갔을 것이다. 이곳에 남아 있는 건 우리밖에 없었다. 방역 드론이 학교를 향해 날아오고 있을 것이었다.

"그건 어떻게 할 거야?"

진희의 말이 그만 가자는 재촉처럼 들렸다.

"글쎄. 어디가 안전할까? 여기서 풀어 주면 방역 드론에 감지될 것 같은데."

"근데 저건 대체 어디서 나타난 건데?"

연석이가 말했다. 그제야 나도 처음으로 녀석에 대해 생각했다. 그러다 문득 내가 물었다.

"너네도 그 빛 봤지? 잡히는 순간에 더 반짝였다고. 나만 본 거야?"

"나도 분명히 봤어. 그런데 지금은 아니지 않아?"

연석이의 물음에 캡슐을 들여다보니 잠자리는 그냥 회색일 뿐이었다. 어떻게 생겨난 빛이었을까. 머릿속에서 질문이 계속 이어졌지만 답은 찾을 수 없었다.

"포드 트랙 호출할게."

개인용 이동 수단인 포드 트랙을 호출하는 진희의 옆에서, 연석이가 자신의 밴드를 조작했다.

 오영민

"야, 우리 학교 난리 났어. 벌써 실시간 뉴스 떴는데?"

연석이가 신이 나서 뉴스 창을 우리 쪽으로 돌렸다. 연석이의 눈이 번뜩였다.

다음 화면에는 빨간색 안내 문구가 나왔다. 잠자리를 쫓고 있던 건 우리만이 아니었다.

우리 세 사람의 밴드에서 진동이 쉴 새 없이 울렸다. 하지만 그보다 회색 잠자리에 대한 기사들이 시선을 붙들었다.

뉴스 플래시

중앙 정화 관제 센터에서 정체불명의 '회색 곤충' 도심 유입을 알렸다. 시민 건강 비상 방역 당국은 회색 곤충의 날개에 붙은 미립자의 성분을 분석 중이다.

시선 그 사건

'회색 곤충'에 대한 민원 속출. 방역 시스템 가동 논의 중.

기사 아래로 사람들의 댓글이 이어졌고, 잠자리에 대한 기사도 끝없이 쏟아졌다. 곤충 전문가는 그 잠자리를 잠정적으로 회색 그림자 잠자리라고 지칭했고, 검은 땅에서 태어난 신종 곤충일 가능성을 제시했다.

"여기다! 이 잠자리가 태어난 곳."

연석이와 진희가 나를 놀란 눈으로 바라봤다.

"거길 가겠다는 거야?"

"이 잠자리가 안전하게 있을 곳일 거야. 그리고 우리가 봤잖아. 해롭지 않아. 오히려 호흡이 편안해지는 느낌이었다고. 이 기사들은 말이 안 돼."

진희는 이건 아니라는 듯 고개를 가로저으며 연석이를 바라봤다. 하지만 연석이는 내 말에 조용히 고개를 끄덕일 뿐이었다. 난 계속 말을 덧붙였다.

"집에 가려면 어차피 포드 트랙을 타야 하잖아. 그곳을 경유해서 간다고 생각하면 돼. 위험해 보이면 내리지 않으면 되니까, 이 잠자리만 살짝 놓아주고 오자."

"김선하! 거길 가는 건 보호 지정 구역을 벗어난다는 거야!"

진희가 윽박질렀다. 맞는 말이다. 이제껏 생각해 보지 못한 행동이었다. 하지만 두근거림과 긴장감 속에서 설레는

오영민

감정이 피어올랐다. 나는 오랫동안 잊고 있던 그 감정을 입 밖으로 꺼내지 못하고 머뭇거리기만 했다.

"우선 보호 대상자가 아니게 된다고!"

진희는 반장으로서 의무를 다하고 있었다. 내가 어떤 표정을 지었는지는 모르겠다. 그때 연석이가 천천히 내 옆에 다가와 나란히 섰다.

"모든 게 정해져 있잖아. 넌 답답하지 않아?"

내 말에 진희의 눈동자가 흔들리는 것이 보였다. 나는 조용히 말했다.

"가고 싶어."

진희는 가만히 날 쳐다봤다. 하지만 곧 체념한 듯 등을 돌렸다. 그리고 밴드를 단단히 고정하며 자신의 포드 트랙 위치를 확인했다.

"미안, 내 역할은 다한 것 같아. 난 이제 빠질게. 위험한 곳에 가고 싶지 않거든."

진희는 포드 트랙을 타고 학교를 떠났다. 그 모습을 함께 지켜보던 연석이가 말했다.

"정말 가 보고 싶은 거지?"

나는 고개를 끄덕였다.

"휴……. 좋아! 네가 언젠가 사고 칠 줄 알았어. 그 옆에 내가 있게 될 줄은 몰랐지만.”

연석이가 피식 웃고는 내 어깨에 팔을 툭 걸쳤다.

“사실, 해 보고 싶었거든 탐험가나 여행가. 내가 직접 뭔가를 알아내 보고 싶어. 그래서 촬영하고, 중계하기 시작한 거고. 이런 방식으로 사람들을 깨우고 싶었어.”

연석이는 나의 충동적인 결심에 그럴싸한 의미를 만들어 주었다.

연석이와 나도 포드 트랙을 호출했다. 그러고는 경계선을 향해 속도를 높였다. 하지만 보호 지정 구역의 끝을 알리는 붉은 점선이 보인 순간, 포드 트랙 내부에 날카로운 경고음이 울려 퍼졌다.

“경고! 비인가 구역 진입 시도. 운행을 중단합니다.”

덜컥, 소리와 함께 포드 트랙이 멈춰 섰다. 당황할 틈도 없이 머리 위 유리창으로 거대한 그림자가 내려앉았다. 방역 드론이었다. 연석이가 외쳤다.

“내려!”

우리는 포드 트랙 문을 박차고 나와 빽빽한 가시덤불 숲으로 몸을 던졌다. 드론이 쏜 조명이 숲을 헤집었다. 심장이 입 밖으로 튀어나올 것 같았지만, 우리는 멈추지 않았다. 날카로운 나뭇가지에 살이 긁히고 숨이 턱까지 차올랐지만 이

   오영민

상하게도 멈추고 싶지 않았다.

드론의 추적을 피해 거친 숨을 몰아쉬며 숲을 빠져나왔을 때, 우리 앞에는 거대하고 어두운 폐기물 처리장이 서 있었다. 밴드에서 여전히 붉은빛이 미친 듯이 깜빡이고 있었지만, 우리는 더 이상 신경 쓰지 않았다.

연석이가 떨리는 목소리로 먼저 정적을 깼다.

"……우리, 진짜 살아 있는 거지?"

우린 서로를 바라봤다. 연석이 눈을 보며 알 수 있었다. 두렵지만 묘한 해방감이 서린 눈빛. 나도 저런 눈을 하고 있겠지.

폐기물 처리장 옆에 다다르자 저절로 숨이 멈췄다. 몸도 경직됐다. 바로 옆에서 바라보는 건물은 더 크고 어두웠다. 처리장 건물을 거의 다 지났을 무렵, 다리가 보였다.

다리 건너편에 불빛을 쏟아 내는 수직 농장이 보였다. 폐기물 처리장과는 다른 위압감이 들었다. 우리는 그 경계에 멈춰 섰다.

이곳은 비가 내리지 않았다. 다리 아래 검은 땅이라고 불리는 곳을 내려다보았다. 예전엔 맑은 물이 흐르는 도시의 관광 명소였다고 했다. 다리 옆에는 아래로 내려가는 돌계단이 있었다. 잠자리가 든 캡슐을 꺼내며 조금만 더 가까이

가 보자 마음먹었다. 뒤늦게 가방에서 필터 마스크를 꺼내 썼다. 나름의 무장을 하고 계단을 내려갔다. 예전에 산책 코스였을 길은 검은 땅의 물줄기를 따라 길게 이어져 있었다. 우리는 그 길을 따라서 걸었다. 검은 땅에 도착한 후부터 밴드에서는 연신 낮은 진동이 울렸다. 우리는 서로의 손목에서 울리는 진동을 모르는 척 계속 걸었다. 연석이는 다시 촬영을 준비했다.

"실시간 중계를 해 볼까? 제목은 검은 땅의 실체! 지금이면 화제성도 좋을 거야!"

나는 대답하지 않았다. 아무리 걸어도 특별한 것은 보이지 않았다. 다른 잠자리도 보이지 않았다.

"그 곤충학자, 믿을 만한 사람이었겠지?"

연석이가 투덜거렸다. 의심이 싹트기 시작할 때, 밴드의 진동이 멈췄다. 익숙한 불빛 대신 회색 문구가 떠 있었다.

[우선 보호 대상에서 제외되었습니다.]

그 문장을 이해하는 데 오래 걸리지는 않았다. 연석이와 나는 잠시 멈춰 섰다. 연석이의 밴드도 회색이었다.

"우리 둘 다 이제 시스템 밖이네. 난 믿을 만한 사람이야?

오영민

나 따라온 거 후회 안 해?”

내 말에 연석이는 조금 어색한 웃음을 지어 보였다.

“혼자보단 둘이 낫잖아.”

어쩌면 탐험가가 되고 싶다는 건 핑계였을 뿐, 사실 연석이는 혼자 남겨질 내가 걱정되어 나온 것일지도 모른다는 생각이 스쳤다.

“여기서 놓아주자.”

방역 드론이 다시 오더라도 이렇게 짙은 안개라면 쉽게 잠자리를 찾을 수 없을 것 같았다. 나는 숨을 고르고, 천천히 캡슐을 열었다. 밖으로 나온 잠자리는 방향을 찾듯 잠시 멈췄다가, 우리가 걸어온 길의 반대편, 안개가 더 짙은 쪽으로 미끄러지듯 날아갔다.

“따라가 보자.”

이번에는 연석이가 먼저 뛰어갔다. 한참을 달리다 나는 발밑의 검은 땅이 미세하게 흔들리는 느낌에 걸음을 멈췄다. 고인 것처럼 보이던 물이 흐르고 있었다. 느렸지만 방향이 있었다. 농장 쪽에서 흘러나오는 물은 끈적이는 기름띠가 둥둥 떠다녔고, 필터 마스크를 뚫고 들어올 만큼 역한 약품 냄새가 코를 찔렀다. 오히려 폐기물 처리장에서 나온 물이 농장 폐수와 섞이며 오염을 희석시키고 있었다.

"이게…… 수직 농장에서 나오는 물이라고? 와! 이래서 농장 옆에 처리장이 있었던 거네."

연석이는 경악했다. 도시의 심장이라 불리는 곳. 완벽한 정화 시스템을 갖췄다는 곳이었다. 이제껏 나도 의심한 적 없었다. 지금까지 이곳이 검은 땅이 된 원인은 폐기물 처리장의 오염수 때문이라고 믿어 왔다.

실시간 중계 창이 갑자기 빨라졌다. 접속자 수가 눈에 띄게 늘어났다. 폐수가 흘러나오는 지점은 우리가 지나온 곳들 가운데 가장 안개가 자욱했다. 잠자리는 주변을 지키기라도 하듯 고요히 날고 있었다.

어느덧 해가 지고 어둠이 내리고 있었다. 다시 잠자리를 따라 걷고 또 걸었다. 이곳이 검은 땅의 끝인 걸까. 낡은 산책로가 서서히 끊기려 하고 있었다. 봉곳 솟은 바위가 몇 개 보였다. 그 위에는 알알이 박힌 무언가가 보였다. 잠자리가 그 위를 날자 어딘가에서 또 다른 잠자리들이 모여들기 시작했다.

신기하게도 바위 주변은 어느덧 회색 잠자리, 아니 은빛 잠자리들로 가득했다. 그리고 바위에 있는 알들이 깨어나고 있었다.

과학실에서 본 빛은 잘못 본 것이 아니었다. 어두워진 하

오영민

늘에서 수직 농장의 조명을 받은 잠자리의 날개는 은빛으로 찬란히 빛났다.

저 멀리 방역복을 입은 사람들이 보였다. 좀 전부터 계속 통신을 시도하는 부모님과 최민환 선생님도 곧 도착할 것이다. 상관없었다.

꽃봉오리가 터지듯 하나둘 펼쳐지던 은빛 날개는 어느새 흩날리는 눈처럼 하늘을 수놓았다. 은빛 날개는 이내 물결이 되어 밤하늘에 흐르고 있었다.

"우리…… 지금 이화우 흩날리는 밤을 보는 건가?"

연석이가 들뜬 목소리로 말했다. 정말 은하수를 보고 있다는 착각을 일으켰다. 은빛 물결은 온통 회색이던 내 안으로 흘러들어 오는 듯했다. 그건 전원을 꺼도 사라지지 않는 은하수였다. 나는 나지막하게 말했다.

"우리 다음 국어 시간에 시간 여행은 안 해도 되겠어."

평생 VR 속에서만 경험했던 자연이 지금 이 순간 현실이 되어 눈앞에서 펼쳐지고 있었다. 새롭게 태어난 은빛 잠자리가 우리를 잿빛 세상 밖으로 이끌어 주고 있었다. 연석이와 나는 한참 동안 그 은하수를 바라보았다.

며칠 뒤, 검사에서 음성 판정을 받은 연석이와 나는 학교로 돌아갔다. 정비를 마친 국어 선생님도 학교에 나왔다. 선생님은 연석이와 나를 보자마자 규칙 위반 목록을 읊었다. 마지막에는 우리가 학생이니 우선 보호 대상자로 다시 지정하게 되었다는 말을 덧붙였다. 학교는 하루 종일 시끄러웠다. 연석이의 영상은 인기 순위 상위에 올랐고, 연석이는 학교 밖에서도 스타가 되어 있었다. 나는 최대한 얼굴은 가려 달라는 요청을 해서 뒷모습만 유명해졌다. 잠자리도 여전히 화제였다.

"봤어? 은빛 잠자리 영상."

연석이가 손목을 흔들었다. 밴드 화면에 짧은 영상이 재생됐다.

"전문가가 그러는데, 얘네가 계속 번식하면 방역 시스템이 필요 없어질 거래."

연석이는 화면을 내렸다.

"처음엔 무섭다고 난리였잖아. 불길하다, 재앙이다, 그런 말들."

앞자리에 앉은 아이가 말했다.

"근데 공기 정화한다는 거 밝혀지고 나서는 갑자기 다들 태도가 바뀌었지."

누군가 비웃었다.

오영민

“신이 보낸 선물이라나.”

다른 목소리가 끼어들었다.

“수직 농장에선 먼지를 다시 퍼뜨린다며?”

“응, 오염된 데서 붙잡은 먼지를 거기서 다시 털어 버린대.”

아이들이 웅성거렸다.

“수직 농장은 어떻게 할 거래?”

“당장 운영 중단하고 점검에 들어간다고 발표했던데.”

“뭐? 그럼 우리는 그동안 뭐 먹고 살아?”

“인간만 살자고 만들어 놓은 게, 다른 생물들한테는 더 나쁜 환경일 수도 있는 거지.”

말들이 겹쳤다. 누군가는 고개를 끄덕였고, 누군가는 밴드를 만지작거렸다.

“그래서 결론이 뭔데? 잠자리가 문제라는 거야, 아니면 기회라는 거야?”

교실은 전에 없이 시끄러웠다. 며칠째 같은 이야기가 맴돌았고, 나는 조금 어지러워졌다.

“좀…… 답답하다.”

“그럼 창문 좀 열자.”

무심코 내뱉은 말에, 연석이가 바로 대꾸했다. 아이들이 일제히 우리를 쳐다봤다.

그때 진희가 일어섰다. 창가로 가더니 떨리는 손으로 잠
금장치를 풀고 창문을 열었다. 활짝 열린 창문으로 소음과
바람이 뒤섞여 들어왔다. 잠시 당황스러워하던 아이들은 한
결 시원해진 교실의 공기를 마시며 다시 이야기를 주고받기
시작했다. 바이오 링크 밴드가 깜빡였고, 나는 밴드를 풀어
서 책상 위에 올려놓았다.

내가 깨어난 검은 땅은 경계가 분명했어. 하지만 내 친구
들이 깨어나면서 그 경계가 허물어지고 있지. 이제 사람들
의 세상도 조금씩 경계가 흔들리고 있어.
경계가 흐려질 때
무엇을 잃고,
무엇을 만나게 될까?

오영민

우수상 수상작

꼬은오

아이 엠 그라운드

대체 어쩌다가 '드래그, 딜리트'를 얻었을까? 나를 세상에 한 명뿐인 초능력자로 만들 거라면 멋진 능력을 주었어야지. 힘이 세다든지, 농작물이 빨리 자라게 한다든지 바람처럼 빠르게 달리면 얼마나 좋은가.

'왜 고작 드래그 딜리트냐고.'

자전거의 체인을 점검하면서 불만스레 생각했다. 오늘 배달할 상자는 여섯 개다. 각각 항생제와 호박 모종이 가득해서 묵직했다.

첫 번째 상자를 싣고 1 캠프를 나섰다. 스톱워치를 손목에 묶은 우스운 꼴도 슬슬 적응되고 있었다. 스톱워치를 켜고 페달을 힘차게 밟으며 외쳤다.

"아이 엠 그라운드 지금부터 시-작!"

분명히 한 시간은 걸릴 것이다. 잘 닦인 자전거 도로까지는 바라지도 않는다. 빌어먹을 좀비들이 상도덕을 지켜서,

최소한 내리막길에서 기습했으면 하는 것이지.

아스팔트와 콘크리트만 남아 해골 같은 도시를 달리면서 배달 목록을 복기했다. 출발 전에 물자 팀장님이 지도 앞에서 읊어 주었다. 오늘은 2 캠프부터 4 캠프까지, 내일은 5 캠프부터 7 캠프까지. 모종은 각 캠프에 한 상자씩, 항생제는 6 캠프 몫까지 7 캠프에게. 6 캠프는 최근에 약국을 발견해서 괜찮다고 했고 7 캠프는 아이들이 많으니까.

지도에 안전하다고 표시된 도로만 골라서 이리저리 자전거를 몰았지만 오늘도 운이 따라 주지 않았다. 결국 골목에 모여 있던 좀비 떼와 마주쳤다.

"월요일이다! 오늘은 진짜 이러지 말자!"

죽어라 페달을 밟으면서 외쳤지만, 좀비들은 대답하지 않았다. 끊임없이 먹이를 쫓을 뿐이었다. 좀비의 바짝 마른 손가락이 점점 다가왔다. 마침내 배달 가방이 홱 잡아당겨지는 순간, 결국 외치고 말았다.

"선우 하나!"

상냥한 좀비가 무릎과 손뼉을 쳐 주는 일은 일어나지 않았다. 나 스스로에게 소리를 질러 대답했다.

"선우!"

어마어마한 현기증과 함께 시야가 흔들렸다. 어느새 나는

조은오

멈춘 자전거 위에 앉은 채, 캠프의 정문에 서 있었다. 30분까지 갔던 스톱워치의 시간이 0초로 돌아왔다. 핸들을 쥔 손이 분노로 부들부들 떨렸다. 억울한 마음에 고함이 저절로 터져 나왔다.

"아! 다시 가야 하잖아!"

아이 엠 그라운드를 외친 순간을 기준점으로 좀비에게 붙잡힌 순간까지, 마우스로 주욱 드래그 해서 딜리트 버튼을 누른 것처럼 사라졌다. 시간을 구간 삭제하고 다시 살 수 있는 능력. 그것이 '드래그, 딜리트'라고 불리는 나의 초능력이다.

나는 능력을 십분 발휘해, 좀비에 둘러싸인 캠프들 사이를 오가며 자전거 배달원으로 일했다. 물건을 전달하는 앞뒤로 이동 시간을 삭제하면 물건은 순간 이동을 하는 셈이었다. 위험한 세상에서 필수품을 배달하기에 최적이었다.

"거의 다 갔는데……."

열이 받아 중얼거렸다. 핸들에 엎드린 채 숨을 골랐다. 안장 거치대에서 아직도 차가운 이온음료를 꺼내 벌컥벌컥 들이켰다.

"좀비 만났어?"

녹원이 농작물 상자를 잔뜩 들고 평상 옆을 지나치다가 안타깝다는 듯이 말했다. 초소에 근무를 가기 전에 어머니

의 일을 거드는 모양이었다. 나는 어깨를 축 늘이며 울상을
지었다.

녹원이 아니라 다른 사람이 한 말이었다면 괜찮은 척 웃
었을 것이다. 어차피 내가 해야 하는 일이니까, 다들 내가 거
뜬히 해내고 있다고 여기는 게 좋다고 생각했다. 하지만 연
기를 너무 잘하고 있었는지도 모르겠다. 캠프 사람들이 내
초능력을 '기적'이라고 부르는 걸 보면 말이다.

좀비로 들끓는 세상에 나타난 유일한 초능력자이니 언뜻
그렇게 보일지도 모른다. 하지만 나는 기적이라는 소리를
들을 때면 기분이 좋지는 않았다. 기적적으로 구간 삭제된
20분짜리 경사로를 세 번째 다시 오르는 즐거움을 맛보여
주고 싶었다.

고개를 휙휙 젓고 목구멍에 음료를 한 번 더 쏟아부었다.
상상 속으로 도피해 봐야 근무 시간만 길어질 뿐이었다. 울
고 싶은 심정으로 다시 외쳤다.

"아이 엠 그라운드 지금부터 시-작!"

벌써 다리가 아팠다. 젠장.

간신히 세 건의 배달을 마쳤다. 오가는 시간이 삭제되었
으니, 실제로는 두 시간밖에 흐르지 않았다. 중간중간에 지

친 허벅지를 쉬게 하고 종아리를 주무른 시간이었다.

다른 사람들에게는 내가 자전거를 타는 모습이 삭제되어 보이지 않으니, 쉬는 모습만 보일 것이다. 나쁘게 여길 사람이 생길 법도 한데 1 캠프에서는 오히려 정문 앞에 평상을 놓아 주었다.

집에서 샤워를 마치니 두 시였다. 밖에서는 사람들이 한창 일을 하고 있었다. 해가 중천이니, 나도 아직은 쉬고 싶지 않았다. 하지만 두 시간의 사이클링으로 체력이 바닥났다. 일단은 자야 했다.

게다가, 부작용에서 회복할 시간도 필요했다. 드래그는 몇 번을 해도 괜찮았다. 문제는 딜리트였다.

"오늘은 세 번 지웠나."

거울에 다리를 비춰 보며 중얼거렸다. 딜리트를 반복하면 발끝에서부터 몸이 투명해졌다. 기준점을 많이 찍는 건 상관없지만 되돌아가는 과정이 문제라고 나는 결론을 내렸다. 시간을 지운 만큼 내 안의 무언가를 대가로 바치는 느낌이었다.

하루에 열 번까지는 써 보았다. 2 캠프에 긴급 배달을 가려는데 주변에 좀비 떼가 가득한 날이었던가. 정신없이 도망치다가 열 번째 딜리트를 하고 나니, 나는 코끝까지 투명해져 있었다. 간신히 1 캠프로 복귀한 후에도 체력과 몸의 색이 쉽게 돌아오지 않았다. 내가 초능력의 한계에 닿아 보았다는 걸 느낄 수 있었다. 딜리트를 할 때마다 한 뼘만큼 투명해지니, 한 번만 더 지웠더라면 나는 완전히 사라졌을 것이다. 그러면 무슨 일이 일어났을까? 여러 가설을 떠올렸지만 무서워서 실험해 볼 수 없었다. 대신 원칙을 세웠다.

딜리트는 하루에 열 번까지만 하기.

잠들었다가 깨어 보니 오후 네 시였다. 무릎까지 투명해졌던 다리는 다시 부드러운 살구색으로 가득했다. 알찬 두 시간의 낮잠 덕분에 온몸에 활기가 돌았다. 점심을 챙겨 먹고 경비 초소로 향했다.

"일찍 왔네? 안 그래도 된다니까."

"빨리 오고 싶었어. 별일 없었어?"

첫 번째 초소에는 엄마가 있었다. 어렸을 때는 나도 장총을 들고 좀비의 습격에 대비하는 경비대가 되고 싶었다. 갑작스레 생겨난 초능력 때문에 일자리를 고를 수는 없게 되었지만, 어쨌든 초소에 드나들 자격은 얻었으니 절반은 성공인 셈이었다.

혹시 모를 위험에 대비해 대기하는 것이 내 일이었다. 좀비가 여기로 오기라도 한다면, 딜리트를 써서 대피할 시간

    조은오

을 벌 수 있을 테니까.

"별일은. 거기 앉아 있어. 곧 교대할 거야."

앗싸. 나는 기쁘게 주먹을 쥐었다. 다음 순서인 녹원이 온다는 뜻이었다. 엄마는 대단하다는 눈으로 나를 보았다.

"오전 내내 학교에서도 같이 있어 놓고. 그렇게 좋아?"

"당연하지. 친구랑은 자주 놀수록 좋잖아."

엄마가 속아 주겠다는 표정으로 픽 웃었다. 이래 놓고서 엄마도 근무가 끝나자마자 아빠와 데이트를 나설 터였다. 캠프의 경계에 걸친 뒷산에서 부스러져 가는 도시를 내려다보는 것. 그게 엄마와 아빠가 어렸을 때부터 해 오던 데이트였다.

고대 도시의 곳곳을 누비는 배달 일을 제안받았을 때, 내가 흔쾌히 승낙한 것도 그 때문이었을 것이다. 산 아래 우묵한 도시는 엄마와 아빠의 시선이 오랫동안 내려서 빗물처럼 고인 곳이니. 두 사람이 매일 바라보는 곳에 내가 매일 있다면, 우리는 바쁜 캠프 생활 속에서도 항상 서로를 향하는 셈이었다.

"빨리 '그거'나 말해. 곧 녹원이 온다."

엄마가 재촉했다. 나는 후, 하고 잔머리를 불어 넘기며 자리에 앉았다.

"아이 엠 그라운드, 지금부터 시-작."

15분 늦게 도착한 녹원은 엄마에게 잔소리를 잔뜩 듣고 총을 넘겨받았다. 쏠 일은 없을 것이다. 녹원이 위험에 빠진다면 나는 망설임 없이 시간을 지우고 녹원의 손을 붙잡아 도망칠 테니까.

초소에서 내려간 엄마는 지친 걸음을 옮기다가, 아빠가 다가오니 어깨를 폈다. 얼굴만 보아도 기운이 솟는 모양이었다. 집까지 걸어가는 5분을 참지 못하고 데리러 나온 아빠의 유난도 알 만했다.

"먹을래?"

녹원이 가방에서 참외를 꺼내어 건넸다. 하얀 과육을 깨물자 혀가 아리도록 단 과즙이 주르륵 흘러내렸다.

1 캠프는 다른 캠프들에 비해 식량이 풍부하고 여름이 서늘했다. 좀비 사태가 터졌을 당시에, 이곳에서는 중장비들이 작은 뒷산을 깎던 중이었다. 커다란 도심 공원이 될 예정이었다고, 옆 초소의 덩치 큰 할머니가 말해 주었다.

대규모 공사장에 터를 잡게 된 1 캠프는 공사장 인근 구형 아파트에서 숙식을 해결했다. 공사장을 정돈해 도시에서 모아 온 종자와 모종으로 농사를 지었다. 반쯤 남은 산이 끝내

조은오

주는 경비 초소를 제공했다. 좀비들이 들이닥치지 못하도록 울타리를 치고 철조망을 달았다. 안전하고 풍요로운 1 캠프의 탄생 비화였다.

"내가 생각을 해 봤는데."

"네가?"

눈썹을 치켜올리며 되묻자 녹원이 내 어깨를 밀어냈다. 웃으면서 사과하는 동안, 녹원의 손이 닿았던 곳이 찌릿찌릿했다.

"미안, 미안. 뭔데?"

"그거 말이야. 지난주에 새로 받아 온 책."

녹원이 총을 구석에 세워 두며 물었다. 『세계의 손 놀이 역사』. 내가 4 캠프의 탐사 팀에게 과자를 잔뜩 가져다주며 캠프 인근 대학교의 도서관에서 관련된 책을 찾아 달라고 부탁하고 받은 책이다.

나는 초능력이 생긴 이래 줄곧 도서관을 낀 캠프에 부탁해서 책을 모았다. 가끔은 배달을 나갔다가 도시의 서점에 들르기도 했다. 위험하지만 나는 알아야만 했다. 갑자기 머릿속에 떠오른 한 줄의 문장이 어떻게 마법의 주문이 되었는지 말이다.

엄마나 아빠에게 들켰다가는 된통 깨질 테니 늘어나는 책

더미를 학교 사물함에 숨겼다. 굉장히 똑똑한 수라고 생각했는데, 반년도 버티지 못하고 녹원에게 들켰다. 녹원은 책을 한 아름 안고 얼어붙은 나를 놀리는 대신 책의 절반을 자신의 사물함에 숨겨 주었다. 이제는 근무 시간마다 '선우의 초능력은 어디에서 왔는가?' 스무고개를 함께하고 있었다.

"어제 다 읽었어. 책은 왜?"

"거기에는 나와 있었어? '아이 엠 그라운드'가 무슨 뜻인지?"

녹원이 기대에 차서 물었다. 나는 눈동자를 굴리며 책의 내용을 떠올렸다.

"손 놀이는 구전되는 경우가 많아 정확한 의미를 알 수 없다. 하지만 '그라운드'가 기초를 뜻하므로, 자신으로부터 놀이가 시작된다는 의미라는 가설이 있다."

말을 마치자 녹원이 어이없다는 표정을 지었다.

"통째로 외웠어?"

어깨를 으쓱했다. 명료한 답은 얻지 못했지만 수확은 있었다. 영어로 그라운드는 땅, 기초, 출발하는 곳을 뜻한다. 시간을 삭제하면 내가 가장 최근에 주문을 외친 장소와 시간으로 돌아왔다. 나는 그 문장이 드래그의 기준점, '그라운드'를 표시해 주는 도장이라는 결론을 내렸다.

  조은오

"투명해지는 거랑 관련된 내용은 없었어? 그걸 제일 먼저 찾아봐야 하지 않을까. 위험한 걸지도 모르잖아."

"책에 나온 건 없었어. 대신 내가 생각을 더 해 봤는데, 우리는 투명화를 부작용이라고 불렀잖아."

"그랬지. 힘이 빠진다며. 엄청나게 피곤하고."

"맞아. 그런데 부작용보다는 '대가' 같지 않아?"

녹원이 눈을 가늘게 떴다. 이해가 가지 않는 모양이다. 나는 얼른 말을 덧붙였다.

"들어 봐. 시간을 많이 지울수록 회복이 많이 필요하니까 길게 쉬어야 하잖아? 그럼 결국은 내가 대가를 치르는 셈이지."

"이해했어. 시간을 많이 빌려 쓸수록 그만큼 시간을 갚아야 한다는 거지?"

녹원은 마음에 들지 않는다는 표정이었다. 나도 마찬가지였다. 열 번의 딜리트 이후 투명해진 손등으로 자전거 핸들이 비쳐 보이던 광경을 떠올리면 기분이 오싹했다. 몰려드는 좀비 떼도 여전히 무서웠다. 더군다나 내 시간을 당겨써야 한다니. 혼자 감당하기에는 이 모든 게 무거웠다.

녹원은 분위기를 바꾸려는 듯이 손바닥을 짝 마주쳤다.

"그 책에 놀이 방법도 나와 있었어?"

"아, 나와 있었어. 드디어 자세히 적힌 책을 찾았네."

"좋아. 그럼 나랑 해 보자."

녹원이 눈을 반짝였다. 나는 뭐라고 설명해야 할지 몰라 입을 달싹이다가 어렵게 말했다.

"나는 같이 할 수가 없어. 내가 '그 문장'을 말해 버리면……."

"시간이 지워지겠구나."

녹원이 어색하게 발끝을 까닥였다.

"괜찮아. 내가 책을 읽어 볼게. 학교에서 애들이랑 하면 되지. 너랑 같이해 보고 싶었는데 아쉽네."

내일 학교에서 녹원이 친구들과 빙 둘러앉아 놀이를 한다면, 나는 낄 수 없었다. 내가 그 사이에 앉아서 입을 열면 친구들의 놀이는 동그랗게 제자리걸음을 할 테니. 서운하지만 괜찮았다. 녹원이 웃으면서 내게 각별한 문장을 외치는 모습만 보아도 행복할 것 같았다.

언젠가 너와 뒷산에 올라서 도시를 내려다보고 싶다고는 오늘도 말하지 못했다. 우리는 평생 같은 캠프에서 살아야 할 텐데, 제일 친한 친구와 연애를 시도했다가 거절당하면 난 꼼짝없이 혼자였다. 나 혼자 이 동그란 캠프에서 시간을 빙글빙글, 끝없이 돌면서.

조은오

경비 근무는 싱겁게 끝났다. 딜리트를 할 일도 없었다.

'아이 엠 그라운드. 퍽이나.'

나는 속으로만 중얼거리면서 터덜터덜 집으로 향했다.

※

물자 팀장님이 학교로 찾아왔다. 긴급 배달을 좀 다녀와 달라고 말하면서. 친구들이 일제히 환호했다. 이런 일이 생기면 선생님은 내가 배달을 마치고 쉴 수 있도록 15분을 기다려 주었다. 오늘은 농업 실기 수업을 도와주러 농업 팀장님도 와 있었다. 내가 눈치를 보자 팀장님은 걱정 말라는 듯이 손을 내저었다.

"조심히 갔다 와."

녹원이 손을 흔들어 주었다. 물자 팀장님은 손을 마주 흔드는 나를 끌고 걸음을 서둘렀다.

5 캠프의 발전기가 갑자기 고장 났는데 새 부품이 7 캠프에만 있다고 했다. 일곱 캠프의 배달을 혼자 도맡는 건 죽을 맛이었다. 하지만 내게는 번거롭고 말 일이 남에게는 치명적일 수 있었다. 역시 내가 구르는 것이 합리적이었다.

내게는 허벅지가 터져 나갈 듯한 30분이 친구들에게는 내가 캠프를 가로지르고 계단을 오르내리는 5분으로 흘렀다.
자전거를 대충 던져 두고 교문 앞에 주저앉아서 바지를 걸
어 보았다. 한 번 딜리트 했다. 더워지는 날씨에 어울리지 않
는 긴 양말과 바지가 투명해진 발목 아래를 숨겨 주었다.

돌아온 교실에서는 농업 팀장님이 서가 옆의 독서용 소파
에 앉아 차를 홀짝이고 있었다. 친구들은 손 놀이가 한창이
었다.

"야, 너 틀렸잖아!"

녹원이 눈을 크게 뜨며 외쳤다. 박자를 틀린 한 명만 빼고
나머지가 소리를 지르며 웃었다.

"안 틀린 척을 해? 어이가 없네."

"뒤로 가 뒤로!"

"아, 안 속네."

벌써 절반이 넘는 친구들이 박자를 틀려서 한 발자국 뒤
로 물러나 있었다. 용케 살아남은 녹원이 놀이를 재개하려
다가 말했다.

"애들아, 좁으니까 뒤로 조금씩만 더 가자."

한바탕 움직이다가 나를 발견한 친구들이 아쉽다는 듯이
한숨을 쉬었다. 선생님이 치맛자락을 정리해 소파 옆자리를
비워 주었다.

조은오

"내가 그렇게 싫냐? 어이가 없네."

장난스레 쏘아붙이며 선생님과 농업 팀장님 사이에 앉았다. 참여하는 사람의 수가 너무 줄어들었는지 박자를 틀린 친구들도 전부 끼워서 놀이가 다시 시작되었다. 농업 팀장님이 하얀 머리카락을 정돈하다가 내 손등을 토닥였다.

"너도 하고 싶지?"

애매하게 웃으면서 시선을 피했다. 무릎 치기, 손뼉, 엄지손가락 두 번. 자전거 핸들을 쥐고 브레이크를 잡는 손의 모양과 비슷했다. 친구들의 손은 놀이가 계속되어도 투명해지지 않았다. 자꾸 양말을 당겨 올리면서 나는 친구들에게서 눈을 뗄 수 없었다.

친구들은 이름이 불리면 아이 엠 그라운드의 둥그런 원에 끼어들었다. 그것은 함께 놀이를 하자는 초대였다. 빨라지는 박자를 함께 견뎌 보자는 제안이었다. 친구들이 녹원을 가리킬 때마다 나는 지목받은 것처럼 입속말을 했다. 선우, 선우, 선우.

"내가 내일 올 때 다른 손 놀이를 몇 개 준비해 올게."

농업 팀장님이 자상하게 말했다.

"감사합니다."

웃으며 대답했지만, 나는 친구들 틈에 끼지 못해서 속상한 것이 아니었다. 이 놀이가 하고 싶었다. 오직 이것. 아이엠 그라운드 단 하나만을. 내가 할 수 없게 된 일을 막연히 부러워하는 건 어쩔 수 없겠지.

선생님이 수업을 시작하자며 일어났다. 친구들이 원망스레 탄식하자 치졸한 기쁨이 일었다. 나는 마음속으로 정정했다. 친구들 틈에 끼지 못해서 속상한 것도 맞았다.

오전 수업이 끝나고 친구들은 각자 일터로 흩어졌다. 나는 배달 일정을 확인하러 물자 팀의 본부로 갔다. 탐사 팀이 찾아온 물건과 다른 캠프에서 받은 생필품이 가득한 거대한 창고였다.

창고 한복판에 서류 뭉치가 쌓인 나무 책상이 있었다. 서류 사이에서 피곤한 표정의 물자 팀장님이 손을 흔들었다. 물자 팀장님은 희끗희끗한 머리카락을 뒤통수에 동그랗게 말아 묶고 있었다.

"아까는 미안했어. 수업 중이었는데."

"팀장님 탓도 아닌데요, 뭐."

"그래도."

팀장님이 내 머리를 쓰다듬으면서 건네준 화이트초콜릿에 마음이 풀렸다. 물자 팀장님은 가끔 탐사 팀이 맛있는 간

조은오

식을 찾아오면 빼돌렸다가 내 주머니에 찔러주었다.

"3 캠프에서 물건 받아서 2 캠프에 주고 오면 돼."

으. 나는 바로 얼굴을 구겼다. 2 캠프는 코앞이었지만 주변에 좀비가 가득해서 툭하면 딜리트를 할 일이 생기고, 사람들도 신경이 곤두서 있어서 퉁명스러웠다.

그렇다고 안 갈 수도 없는 노릇이었다. 초콜릿을 베어 물고 자전거에 올라탔다. 공기를 새로 넣은 바퀴가 부드럽게 굴러 정문을 나섰다.

틈틈이 초콜릿을 핥으면서 도착한 3 캠프는 왁자지껄했다. 저녁에 축제라도 여는지 음식 냄새가 사방에서 났다.

"저 왔어요!"

아는 얼굴을 향해 소리쳤다.

"아, 선우 씨!"

3 캠프의 기술 팀장 격인 듯한 엄마 또래의 여자였다. 그는 가까운 건물 안으로 뛰어 들어가더니 플라스틱 상자를 들고 나왔다. 상자에는 용도를 알 수 없는 전자 기기가 하나 들어 있었다.

"이게 뭐예요?"

그다지 무겁지 않은 상자를 짐칸에 동여매면서 물었다.

"사실 우리도 잘 몰라요. 급하게 납땜만 좀 부탁한대서 해

줬거든요. 지금까지 아무 일도 없었던 거 보면 위험한 물건 같지는 않은데, 혹시 모르니까 상자째로만 옮기고 손대지는 마세요.”

“네. 감사합니다.”

“어제 감귤주스 들어온 거 있는데, 마시고 갈래요? 차가운데.”

3 캠프는 구식 태양광 발전기가 가득한 주택가에 위치해 있어서 전기가 남아돌았다. 우리 캠프만큼은 아니지만 넓고 쾌적했다. 냉장고에서 꺼낸 주스를 떠올리자 입맛이 돌았지만 망설이다가 고개를 저었다.

“감사합니다. 근데 얼른 돌아가야 초소에 갈 수 있어서요.”

“경비도 서요?”

그가 놀라서 물었다. 내 초능력에 대해 익히 알고 있으니, 배달도 시키면서 경비도 세운다는 말에 경악하는 듯했다. 나는 친구와 초소에서 놀고 싶어서 지원했다고 그를 안심시켰다. 결국 물병 거치대에 주스가 담긴 플라스틱 병이 놓였다. 내가 출발하려고 하자 그가 황급히 멈춰 세웠다.

“그거 말 안 했어요!”

“아!”

                                        조은오

화들짝 놀라 브레이크를 확 당겼다.

"감사합니다. 주스가 너무 맛있어 보여서 잊어버렸어요."

"다음에 또 줄게요. 조심히 가요."

안전한 캠프를 나서기 전에 아이 엠 그라운드를 외쳐야 했다. 악보 한복판에 찍힌 달 세뇨처럼, 나는 가장 최근의 '그라운드'로만 돌아갈 수 있었다. 안전한 곳에 닿을 때마다 외쳐 두면 좋았다. 특히 2 캠프처럼 위험한 곳에 가기 전에는 말이다.

페달을 밟는 내내 주변을 살폈다. 곳곳에서 그륵그륵거리는 소리가 났다. 오래전, 이곳은 인구가 많은 도심이었다. 2 캠프는 오피스텔 숲에 철조망을 칭칭 감아 지었다. 그러다 보니 주변의 좀비들을 전부 쫓아내거나 없애기가 불가능해서, 곳곳에 가두어 두거나 구역을 통제했다.

땅이 아스팔트로 덮여 있으니 농사를 짓기도 어려웠다. 2 캠프는 탐사를 나가서 기계 부품이나 배터리를 찾았다. 다른 캠프들이 음식으로 후하게 교환해 주었지만, 여름이 다가오고 있었다. 모두 조금은 굶는 시기였다.

항상 만나는 2 캠프의 경비대가 나를 기다리고 있었다. 내가 플라스틱 상자를 넘겨주자 가장 앞에 서 있던 사람이 뚜

껑을 열었다. 나는 전자 기기의 정체가 궁금해서 고개를 기
울였다.

"그게 뭐예요?"

"나야 모르지."

그는 무심하게 대답하며 상자를 닫더니 내게 돌려주었다.

"원래 1 캠프에 주려고 만들었다고, 너한테 들려 보내래.
발전기 돌리는 사람한테 물어보면 뭔지 알 거라고 했어."

"그냥 가지고 가면 돼요?"

"응. 괜찮지?"

나는 고개를 끄덕였다. 배달 뒤에 새 배달이 붙는 건 꽤 흔
한 일이었다. 가는 길에 이것도, 하면서 편지봉투를 건네거
나 너도 하나 먹고 이거 본부에 갖다줘, 하면서 과자 박스를
주는 식이었다.

"그럼 가 볼게요."

"어, 그래. 까먹지 말고 '그거' 말하고 가."

"안녕히 계세요."

마침 경비대가 교대를 하는지 총을 든 경비 한 명이 중문
을 열어 주었다. 2 캠프는 워낙 위험한 구역이다 보니 좀비
가 정문으로 들어오더라도 캠프가 안전할 수 있게 중문을
달아서 대비했다. 고양이를 키우는 녹원의 집에 달린 철망

조은오

과 비슷했다.

"아이 엠 그라운드, 지금부터 시작."

마음의 준비를 하고 중얼거렸다. 머릿속에 그라운드가 단단히 자리를 잡았다. 페달을 밟지 않아도 자전거가 콘크리트 벽 사이의 내리막길을 힘차게 달렸다.

생각보다 싱거운 배달이었다. 다리는 아팠지만 주스라는 수확도 있었고. 집에 돌아가서 얼른 씻고, 지난주에 물자 팀 장님에게 받은 과자와 주스를 챙겨서 녹원을 보러 가야겠다. 즐거운 오후가 될 것 같았다.

가속도가 붙은 자전거의 핸들을 신나게 틀었다. 모퉁이를 도는 순간 비명이 터져 나왔다. 골목에 좀비가 바글바글했다. 오피스텔의 회색 벽으로 이루어진 좁은 골목에는 도망갈 곳도 없었다. 나는 패닉에 빠져 외쳤다.

"선우 하나! 선우!"

딜리트. 시야가 홱 돌아갔다.

정신을 차려 보니 2캠프의 안전한 중문 안이었다. 경비대가 막 정문을 열어 주고 있었다. 그들에게는 가만히 서 있던 내가 아이 엠 그라운드를 외치자마자 숨을 몰아쉬는 것으로 보일 것이다.

자전거에서 내려 중문을 두드렸다. 좀비를 가두어 제거할 수 있도록 철망으로 짜인 튼튼한 문이 덜컹덜컹 흔들렸다.

"저 다시 들어가야 해요. 밖에 좀비가 있어요."

들어오라는 듯이 중문이 열렸다. 골목의 좀비가 어느 정도 정리되기 전까지는 1 캠프에 돌아갈 수 없었다. 배달을 하다 보면 다른 캠프에 머물 일이 종종 생겼지만, 2 캠프에서는 처음이었다.

오랜만에 보는 2 캠프의 내부는 내가 기억하던 것보다 훨씬 살풍경했다. 낡은 식량 저장고는 지난주에 배달한 감자 상자를 빼면 텅 비었다. 영양 상태가 나쁜 아이들이 건물 로비에서 해를 피하고 있었다.

고층 건물 틈에 잡초는 무성했지만 나무는 눈을 씻고 봐도 찾아볼 수 없었다. 그늘도 물을 구할 곳도 없었다. 주차장의 아스팔트를 뜯어내고 만든 텃밭에서는 시들시들한 호박 모종들이 심어져 있었다. 지친 표정의 사람들이 무기를 손질하고 차량을 수리하다 말고 나를 쳐다보았다. 사방에서 녹슨 철 냄새가 났다.

경비대는 나를 2 캠프장에게 안내했다. 좀비에게 물린 손을 망설임 없이 잘라 내고 감염을 피한 전설로 유명한 여자였다. 그는 결 좋은 머리카락을 하나로 묶어 늘어뜨렸다.

조은오

"안녕, 선우야."

고개를 꾸벅 숙였다.

"안녕하세요. 잘 지내셨어요?"

"그럼."

캠프장은 짧은 인사 이후로 말을 하지 않았다. 대신 내가 잘 따라오는지 가끔 확인하며 나를 어딘가로 데려갔다. 주차장 바로 옆에 딸린 작은 빌라에 '본부'라고 간판이 붙어 있었다.

캠프장은 101호로 들어갔다. 작은 원룸에 간소한 살림살이가 있었다. 캠프장의 숙소인가? 캠프장은 무전기를 켜고 1 캠프를 연결했다.

"예에. 어쩐 일이세요?"

물자 팀장님의 피곤한 목소리가 무전기에서 흘러나왔다. 나는 픽 웃었다. 나도 바로 잠들 수 있을 정도로 피곤했다.

"선우가 지금 여기 와 있어요. 돌아가던 길에 좀비 무리를 만나서요."

"아이고. 며칠 신세 져야겠네요. 선우는 괜찮나요?"

"그럼요. 안 물리게 하려고 조심했거든요."

캠프장이 말했다. 나는 순간 의미를 헛도는 문장에 캠프장을 올려다보았다.

“네?”

물자 팀장님도 헷갈린 모양이었다. 캠프장은 확실히 이해시켜 주려는지 다시 입을 열었다.

“유선우는 우리가 멀쩡하게 잘 데리고 있다고요. 지금은.”

이게 무슨 말이지. 나도 모르게 캠프장에게서 한 발자국 물러서는데, 등에 무언가 닿았다. 익숙한 모양과 온도가 느껴졌다. 엄마와 녹원이 매일 들고 있는, 묵직한 장총의 총구였다. 나는 단박에 얼어붙었다. 경비대가 여기까지 따라온 데는 이유가 있었던 모양이다.

“당분간 유선우는 2 캠프가 데리고 있겠습니다. 주로 탐사에 끼워 보내서 위험해지면 시간을 돌리는 데만 쓸 건데, 죽어도 상관은 없어요. 우린 애를 꼭 살려 둘 이유가 없다고 말하는 겁니다.”

물자 팀장님은 대답하지 않았다. 무전기 너머에서 달리는 소리가 들리는 걸 보면, 본부에 있는 다른 팀장님들에게 가는 모양이었다.

손이 떨리기 시작했다. 당장 딜리트를 할까? 하지만 이미 좀비로 길의 끝이 막혀 있는데, 시간을 삭제한들 도망칠 방법이 없었다.

“유선우의 목숨값은 달마다 받겠습니다. 2 캠프로 곡식을 보내십시오. 종류는 상관없이, 200킬로그램. 안전도 운송도 알아서 하시고, 우선 내일 열두 시까지 2 캠프 중문 안에 가져다 놓으십시오."

캠프장은 말을 마치고 한참이나 기다렸다. 무전기 건너편에서 짧은 대답이 돌아왔다.

"선우와 대화하게 해 주십시오."

농업 팀장님의 목소리였다. 눈물이 솟으려고 했다. 캠프장이 내게 무전기를 넘겨주었다.

"선우야. 다친 데는 없지?"

"네."

사투리 억양이 강한 인자한 목소리가 노랫가락처럼 들려왔다.

"예전에는 이런 일이 제법 있었어. 내가 내일 트럭을 타고 갈 테니까 얼굴 한 번 보자. 금방 협상해서 집에 올 수 있게 할게, 너무 걱정하지 말고."

농업 팀장님의 말이 끝났을 때 나는 울고 있었다.

"그런데 어르신, 제가 아까 창고에서 봤는데요, 200킬로그램을 줘 버리면 저희는 여름에 먹을 게 없는데요. 어제 수업 시간에 채소는 수확하려면 조금 기다려야 하니까, 당분간 곡식을 아껴야 한다고, 어제 그러셨는데."

"괜찮아. 어른들이 알아서 할 테니까, 가만히 기다리고 있어. 응?"

고개를 끄덕이다가 무전 중이니 동작이 아니라 말을 해야 한다는 걸 깨달았다.

"네."

"그래, 착하다. 2 캠프장님 바꿔 줄래?"

2 캠프장이 무전기를 받아 들더니 통신을 뚝 끊어 버렸다. 눈가를 벅벅 닦고 캠프장을 쏘아보았다. 캠프장은 어이가 없다는 듯이 시선을 피했다.

"얌전히 있어."

캠프장이 문 앞에 경비대를 세워 놓고 건물을 나갔다. 애초에 나를 가둬 둘 생각으로 좁은 방에 왔다는 걸 뒤늦게 알았다. 어쩔 줄 모르고 서성거리다가 무전기가 놓여 있던 책상에 걸터앉아 얼굴을 감싸 쥐었다.

문의 건너편에 장총을 들고 선 경비대는 나보다 머리 두 개는 큰 어른들이었다. 배터리가 없는 도어 록은 잠기지 않았지만 문을 열고 나가 봐야 소용없었다. 자전거도 없이 2 캠프의 한복판에서 좀비가 들끓는 바깥을 지나 1 캠프까지 가는 건 불가능했다.

목이 탔다. 준비도 없이 1 캠프를 초여름 보릿고개에 몰아

조은오

넣을 수는 없었다. 오랫동안 열심히 농사를 지어 온 우리는 심각한 식량 부족을 겪어 본 적이 없었다. 모종과 곡식을 빼앗기면 꼼짝없이 아사할 것이 분명했다.

'그럴 수는 없어.'

당장 2 캠프를 빠져나가야 했다. 방 안을 침착하게 돌아보았다. 감금용으로 준비한 방에는 허름한 옷가지와 책상, 물 한 병, 지저분한 매트리스밖에 없었다.

마지막으로 시선이 발에 닿았다. 흘러내린 양말과 말려 올라간 바지 밑단 사이로, 투명한 틈이 보였다.

벽에 기대어 세워 놓은 매트리스가 서서히 미끄러졌다. 나는 반대쪽 구석에 붙어 서서 때를 기다렸다. 심장이 갈비뼈를 부수고 튀어나올 것처럼 뛰었다.

마침내 매트리스가 쿵 소리를 내며 바닥으로 떨어졌다. 경비 두 명이 총구를 앞세워 방으로 달려 들어왔다. 매트리스를 겨누었던 총구는 다급하게 방의 곳곳을 훑다가 내가 비집어 열어 놓은 창문으로 향했다. 총구가 바닥으로 툭 떨어졌다.

"도망갔어!"

두 사람은 황급히 원룸을 나섰다. 나는 그들의 뒤에 바짝 붙어서 함께 달렸다. 좁은 길에서 마주치는 사람들이 그들에게 길을 비켜 주었기에 나도 빠져나갈 수 있었다. 다른 사람들에게도 들키지 않을 수 있었던 건 총 열 번의 딜리트 덕분이었다. 이제 불투명한 부분은 이마와 눈만 남았다. 몸을 낮추고 주변 사물과 가까이 서 있으면 발견하기 어려울 정도였다.

"무능한 놈들! 어린애가 도망가게 내버려뒀다고!"

캠프장이 분노에 가득 차서 쿵쿵거리며 지나쳤다. 두 경비는 식은땀을 흘리면서 캠프장을 따라 걸었다. 나는 그들을 따라 조용히 뛰었다. 캠프장이 드디어 내가 기다리던 말을 꺼냈다.

"전부 나가서 수색해. 못 잡으면 돌아오지도 마!"

새카만 밴 세 대가 요란하게 정문을 빠져나갔다. 마지막 밴의 뒷문 사다리에 내가 올라타 있다는 건 아무도 모르는 채였다. 차가 정문을 지나는 순간 문 옆에 걸려 있던 무전기를 낚아챘다. 허공에 떠 있는 무전기를 보고 정문의 경비가 입을 떡 벌렸다.

밴은 좀비 떼를 피하고 뚫으면서 주변을 수색했다. 고맙게도 1 캠프로 가는 가장 가까운 길부터 확인해 주었다. 밴

조은오

의 속도가 줄어들었을 때를 노려, 1 캠프와 그나마 가까운 위치에서 뛰어내릴 수 있었다.

주변에서 그륵거리는 소리가 들렸다. 여전히 2 캠프와 너무 가까웠다. 사방이 좀비였다. 잡초로 뒤덮인 건물 외벽에 붙어서 무전기를 켜고 1 캠프를 불렀다.

"여보세요?"

"선우? 선우야!"

무전기에서 엄마의 목소리가 들렸다. 눈물이 핑 돌았다.

"도망 나왔어. 데리러 와 주세요. 자전거를 뺏겼어요."

"선우야, 우리가 지금 갈게. 어디에 있어?"

탐사 팀장님이 물었다. 나는 얼른 주변을 둘러보고 대답했다.

"지금 1 캠프 쪽으로 걷고 있는데, 방금 은행나무 있는 사거리에서 왼쪽으로 돌았어요."

"어딘지 알아요. 바로 갈게. 무전 끄지 마. 거기 있어!"

탐사 팀장님이 소리쳤다. 함께 가겠다면서 아웅다웅하는 물자 팀장님과 경비 팀장님의 목소리도 들렸다.

얼마 지나지 않아 길의 끝에서 트럭이 달려왔다. 손을 흔들어 트럭을 멈추려다가 내가 아직도 투명하다는 걸 기억해 냈다. 무전기를 켜고 멈추라고 외치자 급브레이크를 밟은 트럭이 비명을 지르며 섰다. 짐칸에 탄 경비 팀장님이 어서 타라고 손을 휘저었다.

"선우야!"

운전석의 물자 팀장님이 손을 더듬어 내 어깨를 붙잡아 조수석에 앉혔다. 눈만 남은 내 얼굴을 보고 당황했는지 시선을 어디에 두어야 할지 모르는 표정이었다.

"오늘 딜리트 몇 번 썼어?"

열 번. 대답이 눈물에 가로막혔다.

"이제 쓰지 마."

물자 팀장님이 액셀을 밟으며 말했다. 하지만 나는 몰래 속삭였다. 아이 엠 그라운드, 지금부터 시작.

트럭의 엔진 소음 때문에 좀비들이 몰려들고 있었다. 짐칸에서 연신 총성이 터져 나왔다.

물자 팀장님은 노련하게 차를 몰았다. 2 캠프의 구역을 거의 벗어나려는 찰나였다. 골목에서 전속력으로 달려온 까만 밴이 트럭의 옆을 들이받았다.

트럭이 공중으로 떠오르며 시야가 빙글 돌아갔다. 몇 바퀴를 굴렀지? 짐칸에 있던 사람들은 어떻게 된 거지? 물자 팀장님은 피투성이가 되어 눈을 감고 있었다. 거미줄 모양으로 박살 난 앞 유리를 통해 이쪽으로 걸어오는 발들과 총

조은오

구가 보였다. 아직 투명한 손바닥을 들여다보았다.

어쩔 수 없었다. 떨리는 손을 주먹 쥐고 눈을 꼭 감았다.

"선우 하나."

코앞의 문짝이 뜯겨 나가는 소리가 들렸다. 살갗이 찢겨도 아랑곳하지 않고 손바닥이 다가왔다. 내 입을 막으려고 했다. 안전벨트를 풀어 손을 피하면서 외쳤다.

"선우!"

눈앞이 핑그르르 돌면서 현기증이 닥쳤다. 정신을 차려 보니 나는 다시 안전벨트를 매고 조수석에 앉아 있었다. 창문에 내가 전혀 비치지 않았다.

앞을 보며 액셀을 밟던 물자 팀장님이 내 쪽으로 고개를 획 돌렸다.

"너 방금 썼지!"

나는 대답하지 못했다. 목소리가 나오지 않았다. 성대도 손끝처럼 흐물흐물해져서 사라져 버렸을까. 간신히 목소리를 쥐어짰다.

"고가 앞, 우체국 골목에. 기습, 2 캠프 밴이……."

그리고 정신을 잃었다.

"선우야!"

녹원의 목소리를 듣고 눈을 떴다. 막 1 캠프로 돌아왔는지 평상에 누워 있었다. 문이 열린 트럭이 아무렇게나 세워진 모습이 보였다.

"여기 있는 거 맞아요? 다 어디로 가 버린 거야."

엄마가 투명한 내 어깨를 붙잡고 말했다. 아빠가 어딘가에서 이불을 들고 달려왔다. 이불에 드러난 윤곽선을 보고 엄마가 내 얼굴을 찾아 붙잡았다.

회복이 되는 것 같지 않았다. 배달을 끝내고 샤워를 할 때면 느껴지던, 발끝부터 차오르는 활기와 따스함이 없었다. 춥고 텅 빈 기분. 내 몸속을 흐르던 황금빛 시간이 전부 새어 나가 버렸다.

"대가……."

내가 그렇게 중얼거렸나 보다. 너무 많이 당겨썼으니 돌려줘야 한다고. 당연한 일이었다. 녹원은 그렇게 생각하지 않는 모양이다. 녹원이 버럭 소리를 질렀다.

"그런 게 어디 있어! 왜 네가 다 갚아야 해?"

소식이 전해졌는지 친구들이 달려왔다. 입을 가리고 눈을 크게 뜨고 정신없이 무언가를 이야기했다. 해결할 방법이 없다는 걸 나는 알고 있었다. 나조차도 이해하지 못하는 초능력인데, 어떻게 다른 사람이 해결할까.

                                                          조은오

녹원이 한 걸음 물러서더니 주먹을 꽉 쥐었다. 눈동자를 빠르게 굴리면서 머리를 굴리기 시작했다. 녹원의 저 표정을 좋아한다. 수학 문제를 풀 때 많이 보았다. 실마리를 발견해서 물고 늘어지는 순간에 하는 얼굴이다. 우리의 기나긴 스무고개를 떠올리고 있을까? 초소에서 몰래 읽은 책들과 노트의 맨 뒷장에 숨겨 둔 낙서들을 생각하고 있을까.

슬슬 손에 힘이 풀렸다. 머리가 가벼워졌다. 생각이 작은 조각이 되어 공중으로 흩어졌다. 그런데 누군가 내 손을 감싸는 게 느껴졌다. 고민을 마친 녹원이었다. 녹원이 투명해진 내 얼굴에서 눈을 찾으려고 애쓰면서 말했다.

"녹원 하나."

녹원이 내 어깨를 잡고 흔들었다.

"따라 말해. 녹원 하나!"

내가 따라 한 모양이다. 녹원이 잘했다는 듯이 고개를 끄덕였다. 나한테 뭘 시킨 거지? 지금 뭘 하는 거야. 나는 뒤늦게 깨달았다. 내가 뒤집힌 트럭에서 시작한 놀이를 녹원이 이어 가고 있었다. 말리고 싶은데 몸에 힘이 들어가지 않았다. 어지럽고 졸렸다. 녹원이 눈을 질끈 감고 외쳤다.

"녹원!"

허억. 갑자기 폐에서 공기가 잔뜩 빠져나갔다. 나도 모르게 자리에서 벌떡 일어나 가슴을 짚었다. 손이 따뜻했다.

녹원이 털썩 주저앉았다. 나는 경악해서 뱉었던 숨을 왕창 집어삼켰다. 녹원이 뒤가 비치는 손바닥을 뒤집어 보았다. 반투명해졌다. 마치 나와 투명도를 나눠 가진 것처럼.

"나도 불러."

엄마가 녹원의 어깨를 두드리며 말했다. 녹원은 망설이는 듯했지만 엄마의 서슬을 이겨 내지 못했다.

"유정 둘."

"유정, 유정."

"유정아, 나 불러."

아빠가 다급히 말했다. 엄마는 고개를 끄덕였다.

"지원 셋."

손을 내려다보았다. 손에 핏기가 돌아왔다. 하지만 아빠는 별로 투명해지지 않았다. 벌써 네 명이 나누어 가져가 버린 대가는 무겁지 않았다.

"아저씨, 저 부르세요!"

"그럼 네가 나 불러. 그냥 우리 반 다 불러."

친구들이 앞다투어 자기 이름을 외치며 달려들었다. 모여 있던 사람들이 친구들을 붙잡아 어떻게 하는 것이냐고 물었다. 친구들은 주변을 뛰어다니며 놀이 방법을 설명했다.

“둘, 하고 부르면 자기 이름을 두 번 말하는 거예요.”

“그러고 나서 옆 사람 이름에다가 둘, 이렇게 하는 거야?”

“하나부터 넷까지 중에 아무거나 상관없어요. 박자가 헷갈리시면 둘이라고 하면 돼요.”

수많은 이름이 불리자 아무도 투명해지지 않았다. 배달을 마치고 자고 일어났을 때처럼 기운이 솟고 정신이 맑았다. 녹원이 내 손을 움켜쥔 채로 물었다.

“이제 어떻게 하지?”

그렇지. 함께 놀이를 했으니 끝을 내야 했다. 그러려면 누군가는 틀려야 했다. 나를 살리겠다고 기꺼이 위험을 맞들어 준 사람들이니, 제일 위험한 역할은 내가 하고 싶었다.

“지금 누구 차례인가요?”

농업 팀장님이 앞으로 나서며 손을 들었다.

“제 이름을 불러 주세요. 두 번요.”

“선우 둘.”

모여든 시선이 따끔따끔했다. 이제 무슨 일이 일어날지 아무도 몰랐다. 하지만 함께 감당하기로 우리는 약속했다. 서로의 이름을 걸고서.

“선우.”

녹원의 손을 꾹 쥐고 말했다. 횟수를 틀렸다. 둘러선 사람들이 놀라서 숨을 들이마셨다. 녹원의 얼굴이 흐려지고, 흐려지더니 손을 맞잡은 사람들 모두가 한순간에 사라졌다.

깜빡.

그리고 돌아왔다. 아무 일도 없었던 것처럼. 캠프가 환호성으로 폭발했다.

‌※‌

자전거마다 가득 실린 시금치와 당근에서 향기로운 흙냄새가 났다. 나는 새 자전거 열 대의 브레이크를 차례로 쥐어 적당히 눌리는지 점검했다.

"선우야, 놀자."

녹원이 평상에서 손을 흔들었다. 아침 놀이 시간이었다. 무슨 이야기가 그렇게 즐거운지, 동료 배달원들이 기운차게 웃음을 터트리면서 평상으로 모여들었다.

녹원을 포함해 꽤 많은 경비대가 배달원으로 전직했다. 나와 놀이를 하면 초능력을 나눠 가질 수 있었다. 처음 놀이를 함께했을 때는 찰나의 깜박임이었지만, 인원과 방식을 바꾸어 가며 실험을 거듭한 끝에 투명화 시간을 조절하는 방법을 찾아냈다. 대가로만 여겼던 투명화는 다시 보니

조은오

굉장한 위장술이었다. 좀비는 투명한 사람을 인지하지 못한다. 우리는 바깥세상을 안전하게 누빌 수 있었다.

이제 나는 주문의 의미를 확신했다. 아이 엠 그라운드. 나는 초능력의 시작점이다. 우리가 세상을 바꾸어 갈 수 있다는 뜻이었다.

"2 캠프는?"

"방금 왔어."

마침 차 문이 닫히는 소리가 들리고 전 2 캠프장이 손을 흔들며 내렸다. 늦봄의 '깜빡임' 사건 이후, 2 캠프장은 우리에게 수십 번의 사과를 한 다음 자진해서 캠프장을 사직했다. 지금은 탐사 팀의 일원으로 전방에서 뛰고 있었다.

일시적 투명화는 탐사를 전문적으로 해 온 2 캠프에게 특히 도움이 되었다. 이제 2 캠프의 탐사 팀은 세 대의 밴을 타고 1 캠프로 출근했다. 아침에 투명화를 받고 탐사를 다녀와서 저녁에는 모아 온 물자들을 다른 캠프에 주었다. 돌아가는 그들의 밴에는 자연스레 식량이 가득 실리게 되었다.

투명화로 날개를 단 2 캠프 덕분에 다른 캠프들은 탐사에 들이던 인력을 재배치할 수 있게 되었다. 3 캠프는 다른 캠프에도 태양광 발전기를 넉넉히 설치해 주었다. 1 캠프는 식량 생산량을 늘려 다른 캠프에 대가 없이 나눠 주었다.

농업 팀장님은 나를 마주칠 때마다 행복하게 웃었다. 하루는 연둣빛으로 물들어 가는 밭을 살피던 팀장님에게 붙잡혀 나란히 새싹 옆에 앉았다. 그라운드, 그라운드. 농업 팀장님이 아침마다 놀이하는 소리를 듣다 보니 떠올랐다는 옛 세상의 단어를 내게 알려 주었다.

그라운드 제로. 폭탄이 터진 곳이라는 뜻이었다. 피해가 너무 커서 아무것도 남지 않고 불타 버린 곳. 하지만 시간이 지나고 사람들이 빈 땅에 싹을 틔우며 의미가 바뀌었다.

새로운 시작이라는 뜻으로.

열 명의 배달원과 열다섯 명의 탐사 팀원이 평상에 둘러앉았다. 아침마다 만나는 바람에 너무 친해졌는지, 기운차게 재잘거리는 소리에 내 목소리가 묻혔다.

소리를 질러도 들리지 않을 것이다. 녹원이 곤란하다는 듯이 웃었다. 마주 웃으면서 녹원의 손을 잡았다. 이 사람들을 진정시킬 방법은 하나밖에 없었다. 목을 가다듬고 노래하듯 외쳤다.

"아이 엠 그라운드 지금부터 시-작!"

조은오

조은오　　　이 글은 저의 첫 단편입니다. 좀비와 초능력 소재도 처음입니다.
그래서 평소와는 다른 글을 쓰게 되리라고 기대했습니다. 하지만 저장을 누르
고 보니 익숙한 이야기였어요. 평범한 여럿의 연대가 세상을 구하는 이야기 말
이지요. 결국 저는 언제나 같은 이야기를 쓰나 봅니다. 새로운 세계를 찾아 또
같은 글을 쓰겠습니다. 이번 글도, 다음 글도 독자님께 즐거운 경험이 될 수 있
기를 바랍니다. 감사합니다.

남끼민

최썬의 썬택

입술이 근질거리며 아까부터 자꾸만 짜증이 튀어나왔다.

"아이 씨, 미치겠네."

고영우가 내 멱살을 놓으며 "딱 일주일 준다."라고 했던 디데이가 바로 오늘이다. 오늘까지 고영우의 애꾸눈 고양이를 찾지 못하면 당장 내 눈이 애꾸눈이 되어 버릴지도 모른다는 얘기다. 안 그래도 매일같이 아직도 못 찾았냐며 닦달인데. 내가 고양이 탐정 일로 용돈 벌이를 한다는 걸 어디서 주워들었는지 지난 주말 고영우는 보육원 앞까지 찾아와 다짜고짜 고양이 영상부터 들이밀었다.

이야기를 들어 보니 장애가 있고 힘이 약한 고양이가 다른 고양이들에게 치여 영역 밖으로 쫓겨났단다. 그렇다면 찾을 확률은 희박했다. 다른 곳에서도 밀리고 밀려 더 척박한 곳으로 달아났을 테니까. 찾기 힘들 것 같다고 내뱉자마자 고영우에게 멱살이 잡혔다.

"왜 해 보지도 않고 그래? 최선을 다하라고. 어? 그러라고 이름도 '최선'이잖아!"

착하게 살라고 수녀님이 '선'이란 이름을 지어 줬다는 설명은 목구멍이 한껏 조여드는 바람에 튀어나오지 못했다. 결국 나는 "아, 알았어. 최선을 다해서 찾아볼게."라는 비굴한 대답으로 이 일을 수락할 수밖에 없었다. 그리고 오늘까지 일주일 내내 드론을 날렸다. AR 고글 화면에서 한시도 눈을 떼지 못해 눈알이 뻑뻑해질 정도였다. 그런데 지금으로부터 약 1시간 전, 고양이의 흔적을 찾던 드론이 이 골목에서 감쪽같이 사라진 것이다.

고글을 벗고 주위를 살폈다. 음습한 그늘이 눌어붙은 골목 여기저기에는 무단 폐기물이 담벼락보다 높이 쌓여 있었다. 하루 종일 죽치고 앉아 파헤쳐도 드론의 행방을 찾기란 도무지 쉽지 않아 보였다. 녹이 잔뜩 슨 고철들과 하얀 연기가 모락모락 솟아오르는 하수구 속을 차례대로 살폈다. 시큼한 냄새가 코를 찔렀다.

"윽. 지독하네."

그때 등 뒤에서 목소리가 들렸다.

[저, 실례합니다. 뭐 좀 여쭤볼게요.]

바로 고개를 돌렸지만 아무도 보이지 않았다. 순찰 로봇이 우범 지대로 들어가고 있다며 몇 번이고 경고까지 했던 골목이다. 뭘 좀 물어본다는 공손한 말보다 꼼짝 말고 가진 걸 다 내놓으라는 말이 더 어울리는 곳이었다. 혹시 몰라 한 번 더 주위를 둘러보았다. 역시 아무것도 없었다. 바람이 불 때마다 폐기물 더미 속 비닐 따위가 이리저리 펄럭일 뿐이었다.

'잘못 들었나?'

다시 고글을 쓰고 드론의 마지막 신호 위치를 디스플레이 화면에 띄웠다. 신호를 따라 안쪽으로 걸어 들어가자 사람들이 몰래 버리고 간 음식물 쓰레기 탓인지 냄새가 고약했다. 분명 이 근처다. 드론이 고양이가 쓰던 방석에 남아 있는 페로몬과 유사한 화학 패턴을 감지했다고 보고하고 신호가 뚝 끊긴 곳이.

고영우가 찾는 '베르'란 고양이는 태어난 지 네댓 달밖에 되지 않았고 내장 칩도 없었다. 추적 난이도가 열 배쯤 올라갔지만 이런 내 사정은 고영우에게는 전혀 통하지 않았다. 애초에 집으로 데려가든가, 왜 길거리에 방치해 놓고 나한테 지랄인데? 따져 묻고 싶었지만 고영우의 부리부리한 눈빛과 성난 전완근에 잔뜩 주눅이 든 나는 아무 말도 할 수 없었다.

고영우는 내 눈빛을 읽었는지 자신은 고양이 털 알레르기 수치가 높아 보는 것만 좋아한다며 묻지도 않은 신상 정보를 남발하고는 자신이 찍은 까만 새끼 고양이 영상을 100개쯤 연달아 보냈다. 그러고는 눈 한쪽이 안 보이는 고양이가 이 험난한 세상을 어떻게 살아가겠냐며 태블릿을 들어 안경 코 받침이 찌그러질 정도로 얼굴을 찍어 눌렀다. 내 눈은 다치든 말든 아무 상관없다는 듯 말이다.

"도대체 어디 있는 거야?"

[저는 여기 있어요.]

아까와 똑같은 목소리가 이번에는 제법 또렷하게 들렸다.

"네?"

[괜찮으시면 저를 좀 도와주시겠어요?]

소리가 들리는 쪽으로 조심스럽게 발걸음을 옮겼다.

"지금 누구한테 말하는 거예요? 저요?"

[네. 맞아요. 저는 여기 있어요. 보이세요?]

그제야 낡은 휴머노이드 한 대가 쓰레기 더미에 등을 기댄 채 흘러내리듯 앉아 있는 게 눈에 들어왔다. 누군가 새까만 페인트를 위에서 통째로 들이부었는지 머리부터 어깨까지 온통 시꺼멨다. 가까이 다가가자 얼굴의 윤곽이 보였다. 노란 불빛 두 개가 깜빡이지도 않고 나를 응시했다.

"으악!"

뒤로 물러서며 소리를 꽥 질렀다. 앉아 있어서 크기를 제대로 가늠할 수 없었지만, 성인 남성보다 조금 작은 키에 인간의 형태를 모방한 휴머노이드였다. 휴머노이드가 미약하게 머리를 움직였다.

[현재 저의 척추 모듈이 심각하게 손상되어 서거나 움직일 수가 없습니다. 혹시 저를 '오늘의 기도' 홍보 센터까지 이동시켜 주실 수 있나요? 현재 위치에서 도보로 약 1시간 7분 거리에 있습니다.]

"오늘의 기도요?"

내가 되묻자, 휴머노이드의 말투가 돌연 광고 멘트같이 바뀌고 우아한 하프 선율이 배경 음악처럼 흘러나왔다.

[당신의 믿음에 오늘의 기도가 응답합니다. 마음의 안식처를 오늘의 기도에서 찾으세요. 매일매일 새로운 명상과 기도를 제공해 드립니다.]

그러고 보니 두 달 전쯤, 동네 외곽에 '오늘의 기도'라는 인공 지능 명상 센터가 으리으리한 규모로 들어선 걸 본 적이 있었다. 오픈 초기에만 해도 '오늘의 기도는 사이비다', '인공 지능은 신이 아니다'라는 피켓을 든 사람들이 센터 앞에서 시위를 벌였지만, 시간이 지나자 언제 그랬냐는 듯 잠잠해졌다. '오늘의 기도'를 홍보하는 휴머노이드들이 거리 곳곳에 등장한 것도 그즈음이었다.

"아, 알아요. 본 적 있어요. 전도하러 돌아다니는 거."

[정확히 말씀드리면 저는 전도가 아니라 홍보 기능이 있는 대화형 모델입니다. 당신의 질문에 응답하고 메시지를 전달하여 마음의 평화를 제공하고 있습니다. 원하신다면 짧은 명상 음악을 재생하거나 기도를 해 드릴게요.]

"아, 아뇨, 괜찮아요."

휴머노이드가 당장이라도 기도를 시작할 기세여서 얼른 덧붙였다. 기도라는 단어를 듣자 가만히 있던 양 무릎이 시큰거렸다. 기도라면 신물이 난다.

"근데 지금은 뭘 좀 찾는 중이라. 홍보 센터? 거기다 연락해 줄게요. 여기 있다고. 혹시 네트워크도 고장 난 건가요?"

[한 달 전부터 매일 스물네 번의 구조 신호를 보냈지만 연결이 되지 않았습니다. 그래서 직접 센터로 가야 할 것 같습니다.]

"아, 네."

고글의 검색 기능으로 '오늘의 기도 홍보 센터'를 찾은 다음 연결을 시도해 보았다. 하지만 문의 사항이 있으면 메시지를 남기라는 멘트만 반복해서 흘러나왔다. 고글을 벗어

  남지민

가방에 넣고 축 늘어진 휴머노이드의 팔을 들어 보았다. 보기보다 묵직했다. 아무리 생각해도 100킬로그램은 족히 넘어 보이는 이 휴머노이드를 부축해서 센터까지 옮기는 건 무리였다. 센터에서 직접 회수하는 방법밖에 없었다.

"연결이 안 되네요. 꼭 데려가라고 센터에 들러서 얘기해 줄게요."

[……네. 알겠습니다.]

휴머노이드는 더는 아무 말도 하지 않았다. 센터에 말해 주겠다는 사람이 내가 처음은 아닐지도 모른다는 생각도 들었다. 가만히 앞을 응시하는 표정이 낯설지 않았다. 보육원에서 늘 보던 거였으니까.

운 좋게 부모가 찾아오거나 입양되어 보육원을 떠나는 아이가 생기면, 수녀님은 남은 아이들을 모아 놓고 한 명씩 안아 주었다. 우리가 얼마나 착한지 잘 알고 있다고 속삭일 때마다 나는 이번에는 누가 울까 궁금해하며 다른 아이들을 훔쳐보았다. 처음에는 곧잘 눈물을 흘리던 아이들도 시간이 지날수록 지금 내 눈앞의 휴머노이드와 똑같은 표정이 되곤 했다.

어쩌면 센터라는 곳에 가서 말해도 아무 일도 일어나지 않을 것이다. 찢어진 전단지를 정성껏 다시 붙여 돌리는 사람은 없다. 그냥 새 전단지를 돌리는 게 빠르니까. 게다가 이 휴머노이드는 얼굴이나 골격이 묘하게 사람과 비슷한, 나온 지 족히 10년은 지나 보이는 구형 모델이었다.

인류가 처음 휴머노이드를 만들 땐 얼마나 사람과 비슷한 지에 중점을 두었다면 최신형 휴머노이드는 겉모습은 친숙하되 '인간처럼 보이지 않을 것'에 집중하고 있었다. 인간과 너무 닮아 버리자 불편해하는 사람들이 생겨났기 때문이다. 모든 기술을 동원해 인간과 비슷하게 만들어 냈더니 싫어하고 미워하게 되었다는 결말이 좀 웃기긴 하다. 그러고 보니 휴머노이드의 이마에도 미움의 흔적이 남아 있었다. 페인트 위로 손가락으로 휘갈겨 쓴 '쓰레기'라는 글자가 선명했기 때문이다.

시선을 떨구자 휴머노이드의 허벅지 쪽에 조그만 자국이 눈에 띄었다. 페인트가 묻어 꼭 도장처럼 찍힌 그것은 분명 고양이 발자국이었다.

"혹시 여기서 고양이 봤어요? 까맣고 한쪽 눈이 불편한 아기 고양이인데."

[네. 보았습니다.]

"언제요?"

[일주일 전부터 오늘까지, 총 일곱 번 만났습니다. 주로 일

남지민

몰 시각이 지난 후에 나타납니다. 다음 출현 시점을 예측해 드리면 약 3시간 23분 후입니다. 기다리시는 동안 음악을 재생해 드릴까요?]

역시 이 근처에 있었구나. 나는 휴머노이드의 대답을 건성으로 들으며 고양이 발자국을 살폈다. 휴머노이드의 몸을 마치 놀이기구처럼 오르내렸는지 발자국이 여기저기 나 있었다. 음식물 쓰레기를 먹으며 숨어 지낸 모양이었다.

발자국을 따라가 보니 쓰레기 더미 옆 하수구 구멍으로 이어져 있었다. 내가 구멍 안으로 들어가는 건 도저히 불가능해서 고양이가 나타날 때까지 기다리기로 했다. 집에 갔다가 다시 오기에는 시간이 빠듯했고 고장 난 휴머노이드가 예측한 시간이 맞는지도 모를 일이었다.

"음악은 됐고요. 그냥 저도 여기서 기다릴게요. 제가 찾는 게 그 고양이거든요."

[아, 고양이를 찾고 계셨군요. 고양이 주인이신가요?]

"아니요. 누가 부탁해서요."

[주인이 아닌데도 여기까지 찾으러 오시다니. 마음이 선한 분이시군요.]

원래는 돈이 목적이고 이번에는 반 협박으로 하는 거니 결코 선한 마음이라고는 할 수 없었다. 하지만 뭐라고 대꾸

하면 휴머노이드의 대답만 더 길어질 것 같아 나는 입을 다 물고 고영우에게 메시지를 보냈다. 고양이의 흔적을 찾았으니 시간 맞춰 오라고 말이다. 고양이를 제대로 잡은 후에 연락할 걸 그랬나. 아주 잠깐 고민했다. 하지만 고영우가 보고 있어야 고양이를 잡다가 실패해도 내 탓이 아니게 된다. 고영우는 고양이가 제 발로 자신의 품에 안길 거라 기대하고 있을 테니까. 베르가 고영우를 보고 도망쳐 버릴 가능성도 있다. 낯선 곳에 오래 있던 고양이 중엔 주인을 알아보지 못하거나, 알아보고도 거부하는 경우가 있었다. 분명 제대로 찾아 줬는데도 고양이가 예전 같지 않다며 차라리 복제를 하겠다는 사람도 있었다.

고영우는 메시지를 받자마자 읽었는지 단번에 '지금 간다'고 답을 했다. 그러고 보면 고영우도 좀 이상하게 돌아 있는 놈인 건 확실하다. 뭐 때문에 고양이에게 꽂혔는지 모르겠지만 길바닥에 쪼그려 앉아 두툼한 팔뚝을 모으고 고양이 영상을 찍는 고영우를 상상하면 등골에 소름이 돋았다. 아니, 애초에 3개월 동안 매일매일 길고양이에게 밥을 줬다는 대목부터 현실감이 떨어진다.

"혹시 드론은 못 봤나요? 이만한 크기의 추적 드론인데 이 근처에서 신호가 끊겼거든요."

남지민

[…….]

지금까지 재깍재깍 대답을 잘하던 휴머노이드가 이번만큼은 바로 대답을 하지 않았다. 모르는 것인지 아니면 아는데 대답을 안 하는 것인지 도통 구분할 수가 없었다.

[……죄송합니다.]

"네?"

[그 개체는 저 대신 희생양이 되었습니다. 회수 가능성은 매우 낮을 것으로 예상됩니다.]

희생양? 휴머노이드의 입에서 이런 단어가 아무렇지도 않게 튀어나오는 걸 보면 '오늘의 기도' 개발 팀에도 이상하게 돌아 있는 놈이 있는 게 분명하다. 뉘앙스로 미루어 보면, '쓰레기'라고 갈겨쓴 누군가가 드론을 가져갔거나 망가뜨렸다는 말 같았다. 그럼, 드론 회수도 물 건너갔고. 남은 3시간 동안 여기서 뭘 해야 하나 우선순위를 따져 보았다. 고양이가 나타나길 기다리는 것 외에는 할 수 있는 일이 없었다.

"하아."

일단 휴머노이드 근처에 자리를 잡고 가방을 열었다. 고양이를 포획할 때 쓸 그물망, 수건, 담요 사이로 고양이 간식과 물병이 보였다. 원래는 포획용 케이지를 가지고 와야 했는데 급히 드론을 추적하느라 부피가 큰 것은 하나도 챙기지 못했다. 수건을 꺼내 이마에 맺힌 땀을 닦고 있는데 휴머노이드와 눈이 딱 마주쳤다.

[골고다 언덕에서 베로니카라는 사람이 예수의 땀과 피로 얼룩진 얼굴을 닦자 수건에 성스러운 얼굴이 남았다는 이야기를 아시나요? 이 이야기에서 알 수 있는 것은…….]

"……."

그냥 얼굴을 닦아 달라고 하면 닦아 줬을 것을. 휴머노이드가 쉬지 않고 늘어놓는 이야기를 겨우 다 듣고, 제일 먼저 이마에 적힌 '쓰레기'라는 글자부터 지웠다. 페인트를 닦아 내도 실리콘 피부 위에 군데군데 검은 반점이 남았다. 그래도 아까보다는 훨씬 보기 편했다. 휴머노이드의 얼굴을 문지를 때마다 안구의 불빛이 손길을 따라서 이리저리 움직였다.

[당신은 부처가 자비를 실천하는 자 안에 있다는 말씀을 몸소 실천하는 분이시네요. 혹시 이와 관련해서 저와 나누고 싶은 이야기가 있으실까요?]

"없는데요."

나는 할 수 있다면 음성이 흘러나오는 입을 수건으로 틀어막고 싶었지만 꾹 참았다. 대신 턱에 남아 있는 마지막 페인트 자국을 힘주어 밀었다. 대충 닦아 내고 나자 휴머노이

남지민

드의 얼굴이 제대로 드러났다. 평온해 보이면서도 공격력은 제로에 가까운, 그야말로 무해한 얼굴. 어쩌면 이 표정 때문에 괴롭힘을 당한 거란 생각마저 들었다.

"저기, 이름이 뭐예요?"

[저는 NS-15라는 모델이며 프로토 타입 중 마지막 남은 개체입니다. 따로 불리는 이름은 없습니다.]

한마디로 테스트 모델이라 이름도 없다는 얘기네. 뭘 그걸 또 어렵게 설명하고 있어. 괜히 물었나 싶었다. 이름이 없을 정도로 존재감이 없다는 뜻이니까. 뭐든 이름을 붙여 부르는 게 인간의 특징이라 드론 커뮤니티에도 자신의 드론에 애칭을 붙이는 놈들이 있다. 그러다 부서지면 슬퍼하지도 않고 새 드론에게 또 다른 이름을 붙일 거면서. 나로서는 도저히 이해할 수 없는 짓이다.

[당신의 이름은 무엇입니까?]

휴머노이드가 물었다.

"선. 최선이에요."

[선. 영어로 태양이란 뜻인가요?]

"아니요. 한자로 착할 선이요."

[당신과 어울리는 멋진 이름이네요. 선하다. 저는 이 말을 참 좋아합니다. 하지만 손해를 감수하면서도 선을 선택하는

것이 쉽지 않죠. 그래도 우리가 선하게 살아야 하는 이유는 분명합니다. 옛 성현의 말씀 중에……]

'선함'에 대해 줄줄줄 읊어 대는 휴머노이드의 말이 이상하게 듣기 싫었다. 선하게 사는 것은 휴머노이드에 입력된 글귀들처럼 쉽지 않다. 선한 사람이 버텨 내기 어렵게 설계된 세상에서 선하게 살라고 가르치는 건 폭력에 가깝다. 인간에게 반격하지 못하도록 설계된 휴머노이드의 몸에 크고 작은 구타의 흔적이 가득한 것을 보면 더욱 그렇다. 나는 파이프 같은 것으로 얻어맞았는지 안으로 찌그러진 옆구리에 조심스럽게 손을 대 보았다. 보온 기능이 있는지 의외로 따뜻했다.

살짝 패널을 들춰 보자 회로를 연결하는 단자의 선들이 죄다 밖으로 튀어나와 대롱대롱 매달려 있었다. 설명서를 보고 드론 조립 정도만 할 줄 아는 내 얕은 지식으로는 빠져 있는 선을 이어 보는 것 이외에는 할 수 있는 게 없었다.

"이것만 한번 연결해 볼게요. 근데 기대는 하지 마세요. 그냥 해 보는 거니까."

색깔 맞추기 게임을 하듯 선을 연결하고 나자 휴머노이드가 다리를 조금 움직였다.

[감사합니다. 덕분에 이동 기능이 12 퍼센트 회복되었습

니다. 당신은 저의 은인이십니다. 공자는 은혜를 베푼 사람에게 은혜로 갚아야 한다고 하셨습니다. 그러므로……]

말을 마치기도 전에 휴머노이드가 몸을 일으키려고 해서 나는 급히 그의 팔 밑으로 어깨를 받쳤다. 육중한 무게가 고스란히 내 어깨를 짓눌렀다. 휴머노이드가 간신히 일어섰다. 태어나 처음 두 발로 걸어 보는 짐승처럼 바들바들 다리를 떨었다. 그러다 한 발을 앞으로 내딛는가 싶더니,

쿵!

휴머노이드의 몸체가 무너지듯 앞으로 쓰러졌다. 그 무게를 견디지 못하고 내 몸도 같이 고꾸라졌다. 두 무릎이 바닥에 정통으로 찍혔다. 눈앞이 번쩍했다.

"으악!"

손바닥으로 바닥을 짚은 채 숨을 몰아쉬었다. 오른 무릎 부근에 딱딱한 부품 조각 같은 게 있었던 모양이다. 찌릿한 감각이 허벅지를 따라 올라왔다. 간신히 오른 다리를 세우고 앉자 종아리를 따라 뭔가가 왈칵 하고 흘러내렸다. 바지의 찢어진 부위를 벌리자 일자로 난 상처가 천을 따라 벌어졌다. 붉은 피 사이로 하얀 연골 조직 같은 게 보여서 나도 모르게 눈을 질끈 감았다.

대충 수건으로 상처를 감싸고 자리에 앉았다. 이번에는

내가 쓰레기 더미에 몸을 기댄 채 앉고 내가 서 있던 자리에 휴머노이드가 무릎을 꿇고 있는 형국이었다.

[본의 아니게 은혜를 원수로 갚았습니다. 하지만 선을 행하되 포기하지 않으면 때가 되어 거두리라는 말씀이 있습니다. 그러니…….]

"네. 네. 알겠습니다. 이런 상황에서도 좋은 말씀 감사합니다."

수녀님이 24시간 있는 보육원에서도 이러지는 않는다고. 아무리 비꼬듯 말해도 이 휴머노이드는 문자 그대로 해석하는 게 분명했다. 아니라면 이렇게 기쁜 듯한 표정을 하고 나를 내려다볼 일은 없을 테니까. 괜히 도와줬다. 그냥 지나갈걸. 왜 매번 이렇게 멍청한 선택을 하는 걸까. 이마에 송골송골 맺힌 땀을 닦으며 고영우가 오기까지 남은 시간을 살폈다.

그때 휴머노이드가 무릎으로 기어서 내게 다가왔다. 양팔을 내 겨드랑이 아래로 조심스레 넣더니, 거침없이 나를 쓰레기 더미 옆으로 밀어냈다.

[잠깐 옆으로 이동시켜 드리겠습니다.]

"네?"

나는 무릎을 끌어안은 채 겨우 중심을 잡았다. 안 그래도

남지민

아파 죽겠는데 이게 도대체 무슨 짓이지?

그 순간이었다. 골목 끝에 커다란 그림자 셋이 모습을 드러냈다. 걸음걸이는 거침이 없었다. 저녁노을이 짙게 깔린 하늘, 어둑어둑한 뒷골목과 세트처럼 보이는 실루엣이었다. 그중 하나는 야구 방망이 같은 걸 붕붕 소리가 나게 휘두르고 있었는데 휴머노이드의 옆구리가 왜 움푹 들어가 있었는지 알 것 같았다.

[지금 접근 중인 대상과 재충돌 시 저의 손상 가능성은 93퍼센트, 최선 님이 육체적 상해를 입을 가능성은 78퍼센트로 예측됩니다. 최선 님의 안전이 우려되는 상황입니다. 숨으세요. 발각될 경우 최대한 빠른 속도로 이 지역에서 벗어나는 것을 권합니다.]

휴머노이드가 레벨 1 정도의 작은 음성으로 속삭였다. 이럴 줄 알았으면 우범 지대로 들어가고 있다는 경고를 받았을 때 그냥 빠져나갈걸. 그깟 이름도 안 붙여 준 드론이 뭐가 그리 소중하다고. 아니, 애초에 고영우의 제안을 거절하지 못한 것부터가 문제였다. 나는 얼른 쓰레기 더미 뒤로 엉덩이를 끌며 몸을 숨겼다.

"뭐야. 저거 아직도 움직이네?"

거친 목소리가 날아들었다.

"누가 닦아 줬나 본데? 아이 씨. 누구야. 애써서 열심히 색칠해 줬더니. 그러니까 내가 저 입부터 날려 버리랬잖아. 말 못 하게. 괜히 졸아 가지고."

"드, 드론이 이, 있었잖아."

"뭐래. 그 드론도 아무것도 아니더만. 됐어. 아까 못 한 것부터 마저 하자. 오늘의 테마, 화형식. 빨리빨리 준비해."

뭘 준비한다는 걸까? 목소리는 앳되었지만 나누는 대화는 사뭇 섬뜩했다. 뭔지 몰라도 휴머노이드에 불을 지를 거란 사실은 분명했다.

"그거. 그것도 입혀. 야. 자세도 딱이다. 무릎 꿇고 있어서."

도저히 궁금증을 참지 못하고 고개를 조금 내밀었다. 내 또래로 보이는 아이들이 휴머노이드에게 하얗고 긴 천 같은 걸 두르고 있었다.

"소, 손도 모, 모을까?"

"이 새끼 천재 아냐? 그래. 기도하는 것처럼 하자. 이건 기도하는 기계가 벌을 받는 거니까."

아이들이 '오늘의 기도' 전단지로 보이는 종이를 휴머노이드의 몸에 덕지덕지 붙였다. '믿음'과 '응답'이란 글자가 눈에 띄었다.

남지민

"이래도 믿냐? 지금이라도 아니라고 해."

한 아이가 휴머노이드의 머리를 주먹으로 통통 내리치며 비아냥댔다. 그러자 지금까지 죽은 듯 잠자코 있던 휴머노이드가 입을 열었다.

[이게 신의 뜻이라면.]

"와, 진짜. 이 새끼 봐라. 끝까지 콘셉트 유지하는 거? 야. 아니라고. 너는 뭘 믿고 그런 존재가 아니라 그냥 그렇게 말하도록 인간이 설계한 거라고. 아직도 말귀를 못 알아듣고 있네. 이 사이비 새끼야!"

"마, 맞아."

"오늘 끝내 버리자."

한 아이가 뭔가를 아래위로 빠르게 흔들어 댔다. 불을 붙이는 장치 같았다. 잠시 후 달칵하고 버튼이 눌리는 소리가 들렸다. 휴머노이드의 몸에 가려져서 정확히는 보이지 않았지만, 종이에 불이 붙었는지 탄 냄새가 났다. 곧이어 짙은 연기가 뿜어져 나오며 타닥타닥하고 불씨가 공중으로 튀어 올랐다.

불빛이 웃고 있는 아이들 얼굴을 환하게 비췄다. 순도 높은 기쁨이라고밖에 표현할 수 없는 얼굴이었다. 그때 휴머노이드가 내 쪽을 향해 발을 옆으로 움직였다. 지금 빨리 빠져나가라는 신호로 보였다.

쓰레기 더미를 손으로 누르며 몸을 일으켰다. 가느다란 전류가 훑고 지나간 것처럼 발바닥이 찌릿했다. 오른 무릎이 얼얼하긴 했지만 죽을힘을 다해서 뛰면 골목 끝까지 단숨에 갈 수 있을 것 같았다.

몸을 숙인 채 살금살금 걸었다. 아이들이 혹시라도 알아채면 어쩌나 싶었지만 불을 보고 환호성을 내지르느라 다른 건 신경 쓸 겨를이 없어 보였다.

"야, 기도해 봐. 기도!"

"근데 옷만 타고 몸이 안 타잖아! 뭐 하는 거야."

"꺼, 꺼내고 이, 있어."

인화 물질이라도 뿌렸는지 순식간에 고약한 냄새가 번졌다. 나도 모르게 가던 길을 멈추고 뒤를 돌아보았다. 불길이 어느새 휴머노이드의 몸통 전체로 번져 있었다. 불꽃 속에서도 기도하듯 모은 두 손의 형태가 선명했다.

이제 다시 나는 선택을 해야 했다. 아무리 저울질을 해 보아도 이 상황에서는 '나부터 피한다'가 맞았다. 그것은 저 야차 같은 아이들에게 물어보아도 99 퍼센트의 확률로 나올 대답이었다. 하지만 늘 그렇듯이 나의 선택은 99 퍼센트가 아니라 나머지 1 퍼센트였다. 지독한 저주에 걸려 있기 때문이다.

"하지 마!"

있는 힘을 다해 소리를 내질렀다. 그러자 아이 중 하나가 귀를 틀어막으며 욕을 내뱉었다.

"어우! 미친, 깜짝이야."

"뭔데?"

"누, 누가 이, 있나 봐."

아이들이 두리번거리더니 내 쪽으로 시선을 고정했다. 심장이 쿵쿵 뛰었다. 차라리 미친 척 소리라도 지르며 다가갈까? 그러면서 땅에 떨어져 있는 저 야구 방망이를 주워 마구 휘두르는 거다. 나에게 순발력이란 게 남아 있다면 완벽한 계획이다.

"뭔데. 병신 새끼야. 방해하지 말고 꺼져."

"너, 너도 하, 한패야? 가, 같이 구, 구워지고 싶으면 와. 해, 해 줄게."

"그냥 데리고 와. 재밌겠다."

다른 사람의 공격력을 파악하는 본능이 휴머노이드의 예측 속도보다 더 빠른 아이들이었다. 내가 상대가 되지 않는다는 사실을 단번에 알아차리고 태도가 눈에 띄게 느긋해졌다. 재미있는 장난감이 하나 더 생겼다는 눈빛으로 나를 훑었다.

가방 속에 손을 집어넣어 물병을 꼭 쥐었다. 담요에 물을 콸콸 쏟아붓고 휴머노이드에게 달려갔다. 그대로 화염 위에 담요를 덮었다. 치지직 소리와 함께 휴머노이드의 몸이 옆으로 넘어갔다. 몸체와 맞닿은 손가락이 화상이라도 입은 것처럼 뜨거웠지만 떼지 않았다.

펵.

등 뒤로 발길질이 쏟아졌다. 그대로 땅 위로 쓰러졌다. 아무리 몸을 둥글게 말아 보아도 옆구리와 가슴으로 딱딱한 신발 밑창이 비처럼 쏟아졌다. 있는 힘을 다해 걷어차는 중인지 머리가 땅에 부딪힐 때마다 아이들이 내뱉는 욕설이 또렷하게 들렸다. 그러더니 잠시 발길질이 멈췄다. 연속으로 차는 게 힘이 드는 모양이었다. 온몸이 얼얼했지만 그것보다도 숨이 잘 쉬어지지 않고 시야가 자꾸 흐릿해지는 게 무서웠다.

익숙한 풍경이고 예상한 결말이었다. 달아나고 싶을 때마다 수녀님이 지어 준 이름이 늘 족쇄처럼 나를 옭아맸다.

'선하게 살아라.'

하지만 그 말은 나를 지켜 줄 존재가 아무도 없을 땐 저주가 된다. 선하게 살아서 결국 뭐가 되는데? 매번 이렇잖아.

바보 새끼. 아무것도 배우지 못한 미련한 새끼. 마지막까지 희망을 버리지 못하는 새끼. 그게 나다.

"어? 저게 뭐야."

"고, 고양이네."

갑자기 까만 고양이 한 마리가 휴머노이드 쪽으로 종종거리며 다가왔다. 고양이는 땅에 뺨을 대고 누워 있는 휴머노이드의 얼굴 쪽으로 가더니 벌어진 입 주위를 핥아 대기 시작했다.

"야, 쟤도 잡아. 잘됐다. 오늘은 화형식이 성대하네."

고양이를 향해 뻗어 나가는 손이 보였다. 고양이는 움찔하며 휴머노이드의 턱 밑으로 깊숙이 몸을 숨겼다. 더 지켜보기가 힘들어 눈을 감았다. 단말마 같은 고양이 울음소리가 들렸다.

"근데 이거 눈이 왜 이래?"

"벼, 병 걸린 거 아, 아냐?"

"뭐 옮는 거 아냐? 너 잘 들고 있어 봐. 그냥 묻어 버리게."

"내, 내가? 아, 알았어."

움직이고 싶었지만 몸 어디에도 힘이 들어가지 않았다. 할 수 있는 게 아무것도 없었다. 고양이 탐정 일을 하면서 아무도 없는 곳에서 혼자 죽음을 맞이한 고양이를 발견하는 게 제일 싫었다. 그게 꼭 나의 미래일 것만 같아서. 그래서 끈질기게 고양이를 찾아 나섰다. 그러면 나의 마지막 순간도 바뀔 거라 믿었다. 하지만 틀렸다. 결국 바뀌는 건 아무것도 없다.

"으, 으앗!"

"아이 씨. 또 뭔데?"

"아, 아얏! 아파! 아, 아프다고!"

[당신께 청하오니, 뿌린 대로 열매를 맺게 하소서. 어리석은 자에게 자신의 죄악이 되돌아가게 하소서.]

휴머노이드가 기어 와 고양이를 쥐고 있는 아이의 발목을 꽉 붙잡은 거였다. 아무리 발로 차도 놓지 않자 다른 아이가 야구 방망이를 질질 끌고 오더니 휴머노이드의 머리를 세게 내리쳤다. 방망이가 부딪치며 깡! 하는 소리가 났다.

"오. 소리 죽이네."

손맛이 마음에 든 듯 아이가 방망이를 보며 히죽 웃었다.

그때였다.

"뭐 하냐?"

낮은 목소리가 골목을 가르며 울렸다. 한순간 공기마저 바뀌는 듯했다. 돌아본 곳에는 고영우가 서 있었다. 핑크색 케이지와 하얀 깃털이 달린 고양이 장난감들을 잔뜩 손에 쥐고.

"지금 뭐 하냐고."

으르렁거리는 고영우의 목소리가 세상에서 제일 반갑게 들렸다. 그제야 눈이 스르륵 감겼다.

한참 후에 눈을 떴을 때는 탄내만 희미하게 남아 있었다. 팔다리가 욱신욱신 쑤셨다. 겨우 일어나 앉자, 저만치에 쪼그려 앉은 고영우의 우람한 등이 보였다.

"베르야. 이리 와."

두 옥타브 정도 높은 목소리에 순간 고영우가 다른 사람이라도 데려왔는가 싶었다. 하지만 고영우가 맞았다. 저리 애타게 고양이를 부르고 있는 것은.

"베르야, 무서웠지? 어서 나와. 못살게 구는 놈들 내가 다 혼내 줬어. 괜찮아, 이제."

[죄송하지만 제가 불러도 될까요?]

"야. 쫌만 하면 됐는데 네가 끼어들어서 다시 안으로 들어갔잖아."

고영우는 빈 파이프 더미 속으로 거의 들어갈 듯 몸을 숙였다.

"왜. 베르야. 거기 뭐 있어? 왜 자꾸 거기로 들어가니?"

고영우가 말을 멈췄다. 나는 몸을 일으켜 파이프 앞으로 다가갔다. 고영우가 머리를 빼자 구멍 안쪽에 노란 아기 고양이가 누워 있는 게 보였다. 딱딱하게 굳어 움직이지 않았다. 베르는 그 옆에 꼬리를 말고서 우리 쪽을 물끄러미 쳐다보고 있었다.

"……죽었네."

내 말에 고영우가 그제야 정신을 차린 듯 입을 열었다.

"최선. 너 이 새끼, 고양이 찾으랬더니 얻어터지고 있어? 그리고 앤 또 뭐야. 니 조수냐? 말은 또 겁나게 많아요."

옆에서 무릎을 꿇고 있던 휴머노이드가 두 팔을 파이프 안으로 쭉 뻗었다. 그러고는 죽은 고양이를 조심스럽게 꺼냈다. 나도, 고영우도 보기만 할 뿐 뭐라 말을 하지 못했다. 휴머노이드는 고양이를 가만히 품에 안았다. 아까처럼 또 하프 선율이 흘러나왔지만 웃음은 나오지 않았다.

[이 고양이 이름은 무엇인가요?]

휴머노이드가 물었다. 나도 고영우도 처음 보는 고양이여서 뭐라고 답해야 할지 몰랐다. 우리가 우물쭈물하는 사이 휴머노이드는 눈을 감고 기도를 올리기 시작했다.

[당신은 이 고양이를 우리의 보살핌에 맡기셨습니다. 그의 영혼이 배고픔과 두려움이 없는 곳에서 평안히 쉬게 하

남지민

소서. 청하오니 당신의 자애로운 힘으로 이 생명에 축복을 내려 주시고 풍요로운 날들을 누리게 하소서. 그리고…….]

"이름은 브리가 좋겠어. 치즈 냥이니까."

갑자기 옆에서 고영우가 끼어들었다.

[네. 알겠습니다. 그리고 우리가 브리의 마지막을 기억하듯 우리로 하여금 당신의 모든 살아 있는 것들을 돌보게 하소서.]

낮은 음성으로 이어지는 기도를 들으며 나도 모르게 두 손을 맞잡았다. 화상을 입은 두 손바닥이 닿자마자 따가웠다. 고양이를 바라보았다. 나와 아무 상관 없는 고양이. 오늘 처음 본 고양이. 어떻게든 살아가다 죽은 고양이. 자꾸만 코끝이 시큰거렸다. 이래서 기도가 싫었는데.

[혹시 더 하실 말씀 있는 분 계신가요?]

나는 고개를 저었다. 대신 속으로 조그맣게 중얼거렸다.

'너를 위해 기도할게. 잘 가.'

때맞춰 베르가 파이프에서 기어 나와 휴머노이드의 허벅지 위로 올라왔다. 나는 부드러운 흙을 찾아 브리를 묻었다. 무릎이 욱신거렸지만 손을 멈출 수 없었다. 땅을 파는 건 물론 고영우가 했다. 화를 내지 않는 고영우의 표정은 초창기 버전의 휴머노이드보다도 어색했다. 고영우가 바닥에 둔 케이지를 나에게 건넸다.

"야. 베르 좀 잠깐 봐 줘. 난 지금 할 일이 있어서."

나는 아직도 휴머노이드의 뜨끈한 허벅지 위에서 꾸벅꾸벅 졸고 있는 베르를 케이지 안에 넣었다. 고영우는 휴머노이드의 팔을 붙잡고 어깨 위에 올리더니 거뜬하게 자리에서 일어났다.

"어이. 기도맨. 네가 가야 하는 센터가 어디라고?"

[오늘의 기도 홍보 센터는 이 골목을 나가서…….]

그 말을 듣자 다시 선택의 순간이 나를 기다리고 있음을 깨달았다. 홍보 센터에 가더라도 낡고 고장 난 휴머노이드를 위한 자리는 없을 거다. 베르가 살던 곳이 이미 다른 고양이들의 영역이 되어 버린 것처럼. 고민 끝에 선택했다. 내가 할 수 있는 최선의 선택을.

"저기, 잠깐만."

✕

나는 오늘도 고양이를 찾아 드론을 띄운다. 달라진 것이 있다면 혼자가 아니라는 것과 노이즈 캔슬링 기능이 있는 귀마개를 꼭 준비한다는 것이다.

남지민

“이 기도맨 새끼 이거 순 엉터리네. 야. 고양이의 입장이
되어서 생각해 봐야지. 이 둘 중에 어느 길로 갔겠어. 당연히
오른쪽이지.”

[고영우 님. 왼쪽으로 갔을 확률이 63.89 퍼센트로 나옵니
다. 지금까지 제 예측이 적중한 확률이 78.42 퍼센트이고요.
그리고 제게는 최선 님이 지어 주신 ‘하루’란 이름이 있습니
다. 제대로 불러 주세요.]

“몰라. 머리 아파. 너 일부러 나한테는 소수점 두 자리까지
얘기하는 거지? 최선한테는 딴지 안 걸면서 왜 나한테만 그
래?”

[최선 님은 언제나 최선의 선택을 하시니까요. 저와 베르
를 입양하신 것을 보면 알 수 있지 않습니까.]

“똑바로 말해. 최선이 아니라 수녀님이 오케이 해서 거기
있는 거잖아. 야. 최선. 너 애한테 뭐 입력했지? 네 말만 맞다
고 하라고. 맞지? 뭐야. 나 안 해. 니들끼리 가서 쥐어 터지든
말든 상관 안 할 테니까.”

[옛 성현의 말씀에 말이 많은 자는 허물을 면하기 어려우
나 그 입술을 제어하는 자에게 지혜가 있다고 하셨습니다.]

“뭐? 이게 지금 나 욕하는 거 맞지? 내가 그렇게 돌려서 말
하면 모를 줄 알아?”

[옛 성현의 말씀에 우둔한 자는 가르치려고만 들고 배우려고 하지 않는 자라고 하셨으니…….]

"좀! 최선. 애를 데려온 게 네 인생 최악의 선택이야. 알아? 너도 하루살이로 인생 끝내고 싶지 않으면 재 좀 조용히 시켜."

고영우가 눈을 부라리며 내 옆구리를 손가락으로 푹 찔렀다. 나는 계속 옥신각신 말다툼을 벌이는 고영우와 하루를 뒤로하고 드론을 날렸다. 피식 새어 나오는 웃음을 고영우에게 들키지 않도록 입술을 꼭 깨물어야 했다.

[최선 님. 모니터링 시작할까요?]

"응. 오늘도 잘 부탁해. 하루야."

간질간질한 느낌이 가슴 언저리에서 툭 하고 튀어 올랐다. 그것을 따라가다 보면 차마 기도라 이름 붙이지 못해 삼켜 온 혼잣말까지도 왈칵 쏟아질 것만 같았다.

남지민　　　때로는 손해를 보고 비웃음의 대상이 되더라도, 기꺼이 선한 길을 걷는 사람들에 대해 쓰고 싶었습니다. 저마다 자신의 믿음이 옳다고 날을 세우는 세상이지만, 다정함과 선의를 베푸는 사람들이 있기에 우리는 또 다른 하루를 기대할 수 있습니다. 이 이야기가 누군가에게 그런 하루의 시작이 되기를 바랍니다.

노고유

치명적 오류

"얘, 라이카!"

온통 새까만 머리와 안경에 가려진 눈, 공허한 얼굴에서 입꼬리만 올린 기분 나쁜 미소, 동상을 입어 괴사한 부분을 도려내고 달아 놓은 검은 기계 손가락까지. 서류 뭉치를 품에 안고 있는 기이한 분위기의 소녀가 가던 길을 멈췄다.

"박사님이 네 연구실에서 기다리고 계셔."

"네. 갈게요."

용건을 마친 연구원이 라이카의 어깨를 치고 지나갔다. 서류가 흩날렸다. 연구원은 뒤를 돌아보지도 않고 바람 빠지는 듯한 웃음소리를 내며 자리를 떠났다. 라이카가 무릎을 꿇고 앉아 흩어진 서류를 모았지만, 복도에 있는 사람 중 아무도 그를 돕지 않았다. 대놓고 쑥덕이고 비웃기만 했다.

"추위에 오래 노출된 나머지 안면 근육이 얼어붙었대요, 얼굴에 큰 동상을 입어서 안드로이드의 인조 피부를 뜯어붙였다는 말도 있던데……. 정말 무서운 이야기예요! 하하!"

안드로이드 연구소 내 공공연한 멸시의 대상, 괴롭혀도 되는 떠돌이 개. 소녀 라이카 로렌스는 서류를 다 줍고 나서도 여전히 똑같은 미소를 유지한 채 3번 연구실로 향했다.

라이카(Laika). 우주에서 궤도 비행을 한 최초의 포유류. 빈민가에서 떠돌이 생활을 하다가 연구원의 눈에 띄는 바람에 우주견이 된 그 개는 이제 이름이 아니라 그저 품종을 가리키는 명사로 불린다.

다시 빙하기를 맞은 지구, 사람이 사람답게 살 수 있는 조건을 갖춘 돔 내에서 태어나지 못한 무명의 부랑자 여자애가 제 양어머니에게서 받은 이름이기도 했다.

10년 전, 살기 위해서라면 무엇이든 했던 일곱 살짜리는 돔 밖에 원정을 나왔다가 길을 잃은 로렌스 박사를 돔으로 안내했다. 로렌스 박사가 대가로 건넨 비상식량은 여태껏 먹어 본 것 중 가장 맛있었기에 박사의 신경질 정도는 얼굴 한 번 찌푸리지 않고 받아 줄 수 있었다. 박사는 그 순종적인 모습을 아주 마음에 들어 했다. 안드로이드 분야의 최고 권위자가 따뜻한 돔 안에서 배곯을 일 없이 돈을 벌며 살 수 있게 해 준다는데 넘어가지 않을 거지가 있을까. 제안을 받아

노고유

들이자마자 주어진 이름이 우주로 보내진 떠돌이 강아지였던 것에서부터 앞으로의 취급이 예고되었다. 하지만 라이카는 아침에 눈을 떴을 때 손끝이 더 괴사하지 않았는지 확인할 필요가 없는 것만으로도 충분하다고 생각했다.

"어머니. 저 왔어요."

"들어와. 잘 지냈니?"

작업용 베드 앞에서 심각한 얼굴을 하고 있던 로렌스 박사가 표정을 확 밝히며 라이카를 반겼다. 어려운 일을 부탁할 것 같다는 직감이 들었다. 라이카는 곁눈질로 작업용 베드를 흘끗 보았다. 아니나 다를까, 처음 보는 안드로이드가 누워 있었다.

"네. 덕분에요. 이건 뭐예요? 밖에서 주워 오셨어요?"

"몸체는 내가 만든 거고, 헤드랑 안드로이드 프로그램만 주웠어."

종종 있는 일이었다. 로렌스 박사는 돔 밖에 버려진 고장 난 기계를 주워다가 새로 생산할 안드로이드의 샘플로 개조하곤 했는데, 일이 어려워지면 라이카에게 마무리를 떠맡겼다. 저 안드로이드도 같은 수순을 밟게 될 모양이었다. 어두운 피부에 2미터가 조금 안 되는 큰 키, 보급용 안드로이드보다 좋은 체격 위로 차가운 회색빛 머리카락이 반짝였다.

얼굴을 가로지르는 큰 흉이 눈에 띄었다.

"위협적인 디자인이네요. 경비용 안드로이드인가요?"

"맞아. 요즘 경비원에게 뒷돈을 주고 돔으로 들어오는 불법 체류자가 늘어나서, 경비를 로봇으로 대체하면 좋겠다는 정부 방침이 내려왔어. 이게 그 샘플이야. 이름은 '시큐리티(Security)'. '보안'이라는 뜻 그대로. 직관적이지?"

"좋네요. 제가 무엇을 하면 되나요?"

"기능 테스트는 전부 통과했는데, 아무리 초기화해도 치명적 오류가 계속 생겨. 프로그램을 내가 만든 게 아니다 보니 이유를 모르겠네. 다른 샘플은 없으니 꼭 해결해야 하는데……."

과장된 한숨을 내쉰 박사가 라이카를 곁눈질했다. 라이카는 자신이 해야 하는 말을 알고 있었다.

"제가 맡을게요."

"어머, 그래 주면 나야 고맙지."

원했던 답을 들은 로렌스 박사가 만족스러운 표정으로 라이카의 등을 쓸어내렸다. 미지근한 손길 위로 박사의 웃음 섞인 목소리가 떨어졌다.

"그거 아니? 시큐리티의 원본이었던 안드로이드, 마셜 박사가 만든 거야."

　　　　　　　　　　　　　　　　　　　노고유

"마셜 박사요? 며칠 전에 돌아가신?"

"응. 그 사람, 남은 가족이 없었거든. 안드로이드와 관련된 유품을 내가 전부 받아 왔어."

모니터 앞에 놓인 두꺼운 서류철이 눈에 들어왔다. 마셜 박사가 항상 들고 다니던 것이었다.

"좋은 자료가 되겠네요."

"생각했던 것보다 자료의 질이 아주 좋지는 않은데……. 우리가 좀 친하게 지냈잖니. 못다 한 연구를 내가 끝내야 마셜도 안심하고 눈감지 않겠어?"

저 자료는 로렌스 박사의 이름을 단 논문과 특허로 재탄생할 것이다. 유지를 잇는다는 말로 포장된 도둑질이었으나, 라이카는 마셜 박사를 연민할 생각이 없었다. 그가 업무 메일로 로렌스 박사의 컴퓨터에 해킹 프로그램을 심어 애꿎은 자신이 한 달 내내 고생했던 기억을 떠올리며, 라이카는 군말 없이 고개를 끄덕였다.

"분명 어머니라면 그분의 의도대로 연구를 마무리하실 거예요. 여러모로 어머니랑 닮은 부분이 많은 분이셨으니까요."

"잠깐만, 내가 그 인간이랑? 어디가?"

로렌스 박사가 인상을 확 구겼다. 로렌스와 마셜, 두 박사는 부드러운 첫인상과 다르게 매우 강압적인 사람들이었다. 원체 예민한지라 욱하는 일이 잦은 탓에 대하기 까다롭기로도 정평이 나 있었지만, 사실 그대로 말할 수는 없었다. 라이카가 말을 잇지 못하고 우물대자, 그 의미를 추측한 로렌스 박사가 기분이 상한 티를 잔뜩 내며 말했다.

"라이카. 방금 내가 마셜만큼 히스테릭하고 까다롭다고 돌려 말한 거야?"

"그런 의도는 아니었어요."

"네 입으로 들어가는 음식, 입고 있는 옷, 네 새로운 손과 언어, 지식! 전부 어디서 왔는지 잊은 거니? 말할 줄도 모르던 너를 내가 손수 가르쳤어. 네가 스스로 할 줄 아는 일이 하나도 없을 때부터! 너를 한 사람 몫을 할 수 있음에 감사할 줄 아는 사람으로 만들려고 노력했는데, 내가 헛수고를 했나 보구나."

"죄송해요. 마저 말씀하세요."

"됐어. 알아서 해. 내가 선의로 거둬들인 자식 눈치도 봐야 한다니! 정말이지……."

로렌스 박사는 잔뜩 성을 내며 그대로 연구실을 떠났다. 굳어 있던 라이카는 발걸음 소리가 멀어지고 나서야 덜덜 떨리는 기계 손가락을 진정시킬 수 있었다.

노고유

시큐리티의 초기화를 진행하기 전에 일단 현재 상태를 파악해야 했다. 원래는 로렌스 박사에게 들어야 했을 정보지만, 괜한 말을 한 대가였다. 새까만 손가락이 바삐 움직였다. 라이카는 안드로이드를 옆으로 눕힌 뒤 컴퓨터와 연결된 선을 제거하고 포트 덮개를 닫았다. 시큐리티의 목뒤에 자리한 전원 버튼이 눌리면서 달칵 소리를 냈다. 전류가 흐르고 엔진이 돌아가는 소리가 안드로이드 내에서 작게 울렸다. 전류가 돌자마자 눈을 뜬 시큐리티가 급하게 몸을 일으켰다. 자세히 보니 양쪽 눈의 색이 달랐다. 오른쪽 눈에 적외선 조준 기능을 달면서 홍채를 붉게 드러낸 것 같았다. 처음 보는 사람에 당황한 건지 시큐리티가 주변을 빠르게 훑었다.

"너는 누구야? 아버지는?"

"누구를 찾나요?"

"마셜 박사. 그 사람 정말 죽었어?"

"마셜 박사요? 그가 당신의 아버지예요?"

10년 전, 막 돔에 들어선 라이카가 멀끔한 모습을 갖추자마자 끌려간 곳은 누군가의 장례식장이었다. 안경을 맞추거나 글을 배우기 전이었으므로 고인의 이름과 생김새를 알진 못했으나, 로렌스 박사가 제 동료들과 속닥댔던 말은 기억하고 있었다.

'새벽에 몰래 나갔다가 차에 치여 죽었다면서?'

'가출이었대요. 마셜 박사도 참 안쓰럽다니까요. 아내 죽고 아들까지 그렇게.'

라이카는 시큐리티가 누구를 본떠 만들어졌는지 어렴풋이 알 것 같았다.

"당신은 마셜 박사의 아들이 아니라 경비용 안드로이드 시큐리티예요. 인지하고 있어요?"

"알아. 입력된 정보야."

"그런데 왜 마셜 박사를 찾나요? 그 정보는 어디서 얻었어요?"

"내가 들은 게 진실인지 확인하려고. 너는 누구냐니까?"

"묻는 말에만 대답해요. 무엇을 들었는데요?"

"일방적이긴. 그래, 이참에 도움 좀 구하자. 너 혹시 로렌스 박사가 며칠 전에……."

시큐리티가 말을 마치기 전에 연구실의 문이 벌컥 열렸다. 로렌스 박사였다.

"아직 나를 기억한다고? 메모리를 세 번이나 초기화했는데?"

시큐리티는 답하지 못하고 그대로 굳었다. 몇 초의 정적 이후 로렌스 박사가 소름 끼치게 깔깔 웃기 시작했다. 박사가 시큐리티에게 다가가자, 그가 화들짝 놀라며 뒤로 몸을 빼다가 라이카와 부딪혔다. 금속으로 이뤄진 안드로이드의 무게를 견디지 못한 라이카가 밀려, 둘은 같이 바닥에 나뒹굴었다. 그 난장에서도 로렌스 박사는 정확하게 시큐리티의 전원 버튼을 찾았다.

"하지 마! 이 살인자……!"

"세상에. 정말 하나도 안 지워졌구나. 무슨 바이러스도 아니고!"

시큐리티가 다급하게 몸을 돌리고 반항했지만, 로렌스 박사가 더 빨랐다. 크고 무거운 몸이 라이카 위에서 힘없이 늘어졌다. 라이카는 힘겹게 시큐리티 아래에서 빠져나오며 상황을 파악했다. 방금 이 안드로이드가 뭐라고 말한 거지? 살인자?

"라이카. 무슨 일이 있어도 치명적 오류를 없애. 오늘 안에."

의문이 가시지 않은 라이카에게 로렌스 박사가 명령하자, 라이카가 반사적으로 대답했다.

"어머니, 치명적 오류를 하루 만에 해결하는 건 불가능해요."

"그럼 한 달을 줄게. 충분하지?"

라이카가 입술을 달싹였다. 어머니, 실패하면 저는 어떻게 되나요? 저번처럼 일주일 동안 아무것도 먹지도 마시지도 못한 채 갇히나요? 아니면 돔 밖에 며칠간 저를 버리실 건가요? 수많은 물음표 중 무엇도 입 밖으로 나가지 않았다. 그 침묵을 긍정의 표시로 받아들인 로렌스 박사는 상냥한 손길로 라이카의 머리를 쓰다듬고 본래 목적이었던 서류철을 챙겨 연구실을 나갔다.

라이카는 시큐리티 안의 자아가 무엇인지, 어째서 생긴 건지 몰랐다. 하지만 확신할 수 있었다. 시큐리티의 메모리가 연구실 밖으로 나가면 자신은 죽는다. 로렌스 박사에게 사람의 목숨은 볼트 하나만큼의 무게도 되지 않았다.

치명적 오류. 간단히 말하자면 안드로이드가 자아를 가지는 오류다. 안드로이드에 들어가는 프로그램은 인간의 뇌를 복제한 다음, 필수적이지 않은 신경망을 제거해 만들어진다. 복제된 뇌의 구조를 지도라고 한다면, 자잘한 길과 구역이 생략된 약도가 안드로이드 프로그램인 셈이다. 이 단순화 과정에서 미처 삭제하지 못한 신경망을 통해 원본 인간의 기억이 프로그램에 남아 버리는 경우가 있었다. 그렇게 되면 인간에게 복종해야 할 안드로이드가 명령을 거부하고 자아를 갖게 된다. 가볍게는 원본 인간이 갖고 있던 생각에 영향을 받는 것에서부터, 심한 경우 스스로를 인간으로 인지하는 것까지. 이 다양한 오류를 통틀어 사람들은 '치명적 오류'라고 불렀다.

돔의 소비자가 선호하는 안드로이드의 조건은 '인간보다 인간 같지만, 주인에게 복종하는 것'이었다. 사람들은 자아가 소거된 인간을 원했다. 자신이 우위에 있다는 우월감, 그것은 자연에 처참히 패배하고 작은 반구에서 숨죽여 살아가는 인류에겐 인권과 다름없었다. 신경망을 많이 살리면 프로그램에 치명적 오류가 나타나고, 많이 생략하면 프로그램이 인간 같지 않아지는 딜레마 때문에 연구원에게 치명적 오류는 가장 큰 골칫거리였다.

오류를 해결하기 위해서는 초기화 후, 시큐리티가 로렌스 박사가 입력하지 않은 정보를 어디서 얻는지 파악해야 했다. 라이카는 먹고 자는 시간을 최소화하고 시큐리티에게 매달려 결국 치명적 오류의 원인으로 추정되는 숨겨진 백업용 메모리를 헤드 내부에서 찾아 뜯어냈다. 오류를 발생시키는 메모리를 숨겨 둔 이유는 알 수 없었지만, 마셜 박사가 넣어 둔 장치 같았다. 프로그램을 한 번 더 초기화하고 시큐리티의 전원을 다시 켜기 직전, 라이카는 경비용 안드로이드 프로그램에 감시 대상으로 자신을 입력했다. 오류가 재발하지 않는지 테스트해야 했다. 달칵. 전원이 켜지고 천천히 눈을 뜬 시큐리티가 베드에서 일어나 자신의 상태를 먼저 점검했다. 새빨간 눈이 라이카를 훑었다.

"당신은…… 감시 대상이군요."

"네. 하지만 당신을 수리한 사람이기도 하죠. 시험 가동을 위한 설정이에요."

"어쩐지 감시하는 이유가 공란으로 설정되어 있더라니. 알았습니다."

"말은 놓도록 해요. 지금의 저는 어디까지나 감시 대상이니까요."

"확인. 이제 뭘 하면 돼?"

베드에서 내려온 시큐리티에게 라이카가 손을 내밀어 악수를 청했다.

"그 전에 통성명부터 하죠. 전 라이카 로렌스예요. 당신은 누군가요?"

시큐리티가 그 손을 잡고 두어 번 흔들었다.

"돔의 경비용 안드로이드, 시큐리티라고 불러."

"영리하네요. 저를 따라와요."

라이카는 시큐리티를 뒤에 달고 그동안 밀린 일을 처리하

노고유

러 작업실로 향했다. 라이카의 업무인 안드로이드 수리는 아주 기초적인 일이었기에 누구나 할 수 있었지만, 일을 대신 해 줄 사람은 없었다.

"라이카! 왜 이렇게 오랜만이야? 밀린 수리 접수가 벌써 열세 건이야!"

"죄송해요. 로렌스 박사님이 부탁하신 일을 먼저 처리하느라……."

가정용 로봇이 고장 나서 집이 더러워졌다고 불평하는 고객에서부터 배우자 안드로이드가 켜지지 않는다며 우는 고객까지, 다양한 사람이 라이카에게 찾아왔다. 시큐리티는 많은 사람과의 대면에도 큰 이상 없이 뒤를 지켰다. 라이카가 요청한 대로 감시 대상인 그에게 존대하지 않았지만, 테스트임을 인지해서인지 위험 분자로 취급하지도 않았다. 도리어 라이카의 편의를 봐주었다. 고객이 부당한 요구를 하면 다른 경비 로봇을 부르기 전에 나섰고, 라이카의 무거운 장비와 서류를 대신 들어 주기도 했다. 너무 오랜 시간 깨어 있는 라이카를 걱정하며 잠깐이라도 눈을 붙이라고 담요를 들고 온 날도 있었다.

녹이 슨 손가락에서 삐걱거리는 소리가 난다고 윤활제를 구해 왔을 때, 라이카는 그저 프로그래밍된 역할에 충실할 뿐이었을 시큐리티에게 순간 마음을 담아 고맙다고 말해 버렸다. 오래도록 인기 있어 온 인간 같은 안드로이드 프로그램의 표본. 그렇게나 정교한 모방을 보이면서도 시큐리티의 치명적 오류는 재발하지 않았다. 로렌스 박사나 마셜 박사에 대한 내용을 흘리며 유도 신문해도 별다른 반응이 없었다.

시큐리티를 고치기 시작한 지 한 달이 되는 날, 라이카는 로렌스 박사에게 접견을 신청했다. 기다렸다는 듯 곧바로 승인이 났다.

"어디 가는 거야?"

"로렌스 박사의 연구실에요. 당신에 대한 최종 승인을 받으러 가요."

연구실의 문을 두드리자 로렌스 박사가 높은 톤의 목소리로 들어오라며 소리쳤다. 오늘은 박사의 기분이 좋은 모양이었다. 시큐리티가 문을 열었다. 로렌스 박사와 시큐리티가 서로를 마주했다. 그의 시선은 로렌스 박사에게 고정되어 있었다.

"그래, 라이카. 수리는 끝났어?"

"네. 테스트도 마쳤어요. 시큐리티는 이제 설정된 대로만 움직여요."

로렌스 박사는 시큐리티에게 몇 가지 형식적인 질문을 했다. 너는 누구고 무엇을 위해 만들어졌는지, 좋아하는 음식이나 색이 있는지, 선호하는 근무 환경이 있는지 따위의 질문에도 시큐리티는 안드로이드에게 그런 건 존재하지 않는다는 정상적인 답을 내놓았다. 로렌스 박사가 알 수 없는 웃음을 흘렸다. 라이카는 한껏 긴장한 채 상황을 지켜보았다.

"좋아. 그럼 마셜 박사의 시체가 어떤 모습으로 발견됐는지 알아?"

"마셜…… 라이카도 제게 그 사람에 대해 물어봤는데. 제가 만난 적 있는 사람입니까?"

"음, 아니야. 훌륭해. 라이카, 한 번만 더 검수하고 전원 꺼서 공장으로 보내."

"네, 어머니. 곧 보고를 올릴게요."

라이카는 몰래 안도의 숨을 내쉬며 연구실 문으로 향했다. 긴장이 풀린 라이카가 기계 손가락을 잘 다루지 못하고 문고리를 몇 번 놓치자, 시큐리티가 달려와 문을 열어 주었다. 그 모습을 가만히 지켜보던 로렌스 박사가 그럼 그렇지, 중얼거리며 웃음을 터트렸다.

"하하! 라이카, 이 간악한 고철 덩어리가 고쳐지기는커녕 거짓말까지 배운 모양인데, 어떻게 생각하니?"

"네? 그게 무슨 말씀……."

"경비용 안드로이드에게 문을 잡아 주는 행위가 왜 필요할까? 에너지 효율을 생각하고 행동하도록 설정해 뒀는데, 프로그램대로만 작동한다면 그런 짓은 안 하지. 메모리를 지우느라 정신이 팔려서 기본적인 프로그램 설정도 읽어 보지 않은 모양이야?"

시큐리티의 표정이 당혹스러움으로 굳었다. 로렌스 박사의 말대로 프로그램 설정을 읽지 않았을 뿐더러 그동안의 다정한 면모가 전부 오류였으리라고는 생각하지 못했던 라이카도 그대로 굳어 버렸다. 바람 빠지는 듯한 웃음을 흘리던 로렌스 박사가 싸늘한 얼굴로 명령했다.

"멍청하구나. 실망이야. 시큐리티를 데리고 네 연구실로 돌아가."

"어머니."

"변명은 듣지 않을 거야. 내가 찾아갈 때까지 감금이야."

"어머니, 잘못했어요."

"돌아가. 나를 더 부끄럽게 하지 말렴."

냉정한 답과 함께 연구실의 문이 닫혔다.

라이카는 초점 잃은 눈으로 한참 동안 문을 응시하다가, 시큐리티의 팔을 붙잡고 자신의 3번 연구실로 발걸음을 옮겼다. 시큐리티는 순순히 라이카를 따라갔다.

　　　　　　　　　　　　　　　　　　　　노고유

"미안해. 안 들킬 줄 알았어. 네게는 말하려고 했는데, 타이밍이 계속 어긋나서……."

라이카는 입력된 명령만을 수행하는 안드로이드처럼 움직였다. 연구실에 도착한 뒤 시큐리티가 안에 들어온 것을 확인하자마자 문을 닫고, 잠금장치를 돌리며 주저앉았다. 어쩔 줄 모르고 옆에 서 있던 시큐리티가 라이카의 숨이 점점 가빠지고 있음을 알아챘다.

"이봐. 괜찮아? 아까부터 호흡이 이상해. 정신 차려 봐, 답답해서 그런 거면 문을……."

"안 돼! 안 돼요, 어머니가, 어머니가 감금이라고 하셨어요. 그러면 문을 잠그고 있어야 해요. 어머니가 찾으러 오시기 전까지 계속 이렇게 있어야만 해요……."

경비용 안드로이드 프로그램에는 사람이 패닉에 빠졌을 때의 매뉴얼이 있다. 패닉을 유발한 원인에서 분리하고, 강제로라도 눕혀서 숨을 제대로 쉬게 만드는 것. 하지만 시큐리티는 라이카를 억지로 눕히는 대신 그 앞에 쪼그려 앉아 시선을 맞췄다. 그리고 천천히 코와 입으로 숨을 쉬는 시늉을 했다. 기계는 호흡하지 않음에도 불구하고.

"따라 해. 들이마시고 내쉬는 거야. 들이마실 때는 코로만, 내쉴 때는 입으로만."

버겁게 허덕이던 숨소리가 서서히 진정됐다. 몇 번 더 크게 숨을 쉰 라이카가 눈을 길게 감았다가 다시 떴다. 시큐리티가 여전히 어정쩡하게 쭈그려 앉아 눈을 맞추고 있었다.

"……이제 괜찮아요."

"그래. 다행이네. ……있잖아. 충전 좀 해 줄 수 있을까?"

주의를 다른 데로 돌리기 위한 부탁이었다. 라이카가 문을 짚고 일어나려 하자 시큐리티가 먼저 일어나 손을 잡아 주었다. 라이카는 안드로이드의 목뒤 전원 버튼 아래에 있는 덮개를 열고 충전 포트에 케이블을 꽂았다. 시큐리티는 자연스레 라이카를 작업용 베드 위에 앉히고 자신도 그 옆에 앉았다.

"고마워."

"그 말은 제 몫이에요. 당신은 지금 저를 죽이고 탈출할 수 있지만 그러지 않고 있잖아요."

"어떻게 안드로이드가 사람을 해쳐."

"치명적 오류가 발생한 안드로이드는 그럴 수 있어요."

"난 안 그럴 거야."

"제가 당신을 어떻게 믿죠? 이미 저를 한 번 속였잖아요."

둘은 한참의 정적을 흘려보냈다. 라이카의 눈치를 살피던 시큐리티가 작은 한숨과 함께 말을 꺼냈다.

"로렌스 박사가 내 아버지를 죽였대. 그걸 동료한테 털어 놓고 있을 때 내 전원이 켜졌거든. 그래서 지금 내 기억에 그렇게 집착하는 거야. 그 부분만이라도 삭제하면 괜찮을지도 몰라."

"……부분적인 기억을 지우는 방법은 알아요?"

"몰라. 하지만 네가 알아낼 때까지 협조할게."

"이렇게 순순히요? 아버지의 원수를 갚고 싶지 않아요?"

"그 사람한테는 애정보다 원망이 더 커서. 네가 피해 보는 게 더 싫어."

"왜요?"

"너는 기계에 불과한 내게도 말을 높이는 사람이니까."

"이건 습관이에요. 처음 말을 배울 때 어머니께서 제게 존댓말만 쓰도록 가르치셨어요."

"서류를 들어 주거나 문을 잡아 줬을 때 매번 고맙다고 답해 줬고."

"감사 인사를 바라고 한 행동이잖아요. 기대에 부응했을 뿐이에요."

"봐 봐, 지금도. 나를 인간처럼 생각하잖아. 오류가 생긴 안드로이드가 아니라."

말문이 막힌 라이카가 제 손에 얼굴을 묻었다. 시큐리티의 테스트 동안 느꼈던 프로그램 너머의 인간성을 직시하는 기분이었다. 분명 오류에 불과했을 그 수많은 다정의 출처가, 그의 기억과 존재를 이루고 있는 오류들이 불편하면서도 불쾌하진 않았다. 목적과 대가 없는 호의. 상대를 위해 고른 말과 행동. 라이카와 높이를 맞춘 눈 너머에는 적외선 카메라 이상의 무언가가 있었다.

"너한테 인간으로 남고 싶어. 그러니 협조할게. 대신 조건이 하나 있어."

"뭔가요?"

"말 편하게 하기."

그게 무슨 황당한 요구냐고 묻는 듯한 라이카의 시선을 피하며 시큐리티가 말을 이었다.

"테스트 첫날부터 마음에 걸렸거든. 거리감에 균형이 없잖아. 나는 너한테 존대 안 하는데."

"고작 그런 걸로요? ……알았어요. 아니, 알았어. 노력할게. 대신 저도 조건이 있어요."

"하하, 정말 어색해하네. 뭔데?"

"당신이, 네가 누구인지 전부 털어놔. 오류 해결에 도움이 될지도 모르니까."

라이카의 어색한 거짓말에 웃음을 터트린 시큐리티가 먼

노고유

저 손을 내밀었다. 금속과 금속이 부딪치는 소리가 났다. 맞잡은 기계손은 단단했지만, 차갑지는 않았다.

"좋아. 딜."

시큐리티는 자신의 목뒤에 컴퓨터 연결 케이블을 꽂았다. 머릿속이 파헤쳐지는 감각에 잠시 얼굴을 찌푸렸지만, 곧 표정을 정리하고 제 이야기를 시작했다.

"음, 원래의 나는 열여덟 살에 죽었어. 아들을 되살리고 싶었던 아버지가 죽은 내 뇌를 기반으로 만들어 낸 게 지금의 나야. 정확히는 자기 이상대로 키울 아들이 필요했던 것 같지만."

시큐리티는 컴퓨터 화면에 뜬 자신의 프로그램 코드를 보며 말을 이었다.

"아버지가 돌아가시고 나서 충전이 끊기는 바람에 정신을 잃었는데, 로렌스 박사가 전원이 꺼진 날 데려다가 시큐리티로 만들었어."

"그래서 백업용 메모리를 전부 찾아 떼어 냈는데도 치명적 오류가 재발했구나. 신경망을 가감 없이 복사했다면 납득이 돼. 애초에 프로그램의 전반에 기억이 퍼져 있는 거야."

"안드로이드 쪽은 문외한이라 잘 모르지만, 스스로가 살아 있다고 여기게 설계된 것도 한몫할 거야."

"방금 말은 이상하네. 그걸 네 입으로 말하는 순간 살아 있다고 할 수 없잖아."

"하하, 객관적으로 난 로봇이니까. 하지만 영혼이 있다고 느끼지. 비웃어도 좋아."

프로그램 접근에 집중하던 라이카가 시큐리티를 잠시 응시하다 말했다.

"아니. 나도 느껴, 네 안의 영혼을. 아마 여태껏 너를 만난 모두가 느꼈을 거야. 다만 그게 로봇에게 존재해서는 안 되기 때문에 없애려고 하는 거지."

그는 놀란 눈으로 라이카를 마주 보았다. 스스로도 확신하지 못한 제 영혼을 라이카는 확신하고 있었다. 그가 다시 화면에 시선을 돌리고 짧지 않은 시간이 흐른 뒤에야 시큐리티는 감정을 갈무리하고 대답했다.

"……진솔하네. 로봇보다 거짓말을 못해서 어떡해."

라이카는 화면에서 시선을 떼지 않고 대답했다.

"어머니가 나를 그런 인간으로 설계하셨어. 나는 객관적으로 인간이지만, 영혼 없이 어머니의 말대로 움직이도록 설계된 안드로이드와 다를 바 없어. 그럼에도 내가 인간이고 네가 로봇인 건 확실히 우습지. 어때, 비웃을 마음이 생겨?"

"……아니."

노고유

잠시 정적이 흘렀다. 큰 효용 없이 바쁜 타자 소리만이 연구실을 채웠다. 이내 프로그램을 분석하던 라이카가 손을 멈추고 무언가 깨달은 듯 탄식을 내뱉었다.

"아, 생각해 보니…… 가장 중요한 걸 안 했네."

"응? 뭔데?"

"통성명. 이름이 뭐야?"

단순히 모델명을 묻는 말이 아니었다. 그는 잠시 입을 달싹이다가 뱉었다.

"트로이. 트로이 마셜."

"바이러스의 이름이네. 어쩐지 암호 해석 난이도가 상당하더라니."

"철자는 다르거든. 네 이름은 라이카였지?"

"응. 라이카 로렌스. 철자도 똑같아. 네가 알고 있는 그 개랑."

연구소에서 라이카가 어떻게 지내는지 지켜봤던 시큐리티는 착잡한 표정을 숨기지 못했다. 지금 제 머릿속을 뒤적이고 있는 사람에게 느끼기엔 조금 이상한 연민이었지만 마음이 쓰였다. 안드로이드에게는 없어야 할 마음이.

"괜찮아? 좋지 않은 의미로 불리는 거. 스스로 지은 것도 아닌데, 억울하잖아."

"······생각해 본 적 없는 불만이네. 너는 네 이름이 마음에 안 들어?"

"이름은 괜찮았는데, 성이 조금. 누구의 소유물인지 알리는 낙인 같아서 별로더라고."

"그럼, 새로 만들어. 이제 널 소유하던 마셜 박사는 세상에 없어."

"그 생각도 해 봤는데, 내가 작명에는 재능이 없더라고. 네가 하나 지어 줄래?"

"부분적인 기억을 지우지 못하면 어차피 폐기되어 버릴 텐데?"

"적어도 너는 나를 트로이 마셜이 아닌 트로이 어쩌고로 기억해 줄 거 아냐."

헤드만 분리되어 폐고철 더미에 버려진 시큐리티. 형용할 수 없는 우울감이 몰려들었다. 라이카가 눈가를 짓누르며 의자에 눕듯이 기댔다.

"······쉬어야겠어."

"그래, 일단 자. 너 거의 한 달 동안 제대로 안 잤잖아."

시큐리티가 일어나 연구실의 불을 꺼 주었다. 잠이 오지 않았던 라이카는 눈만 감고 다시 말하기 시작했다.

"다른 이야기는 더 없어? 너에 대한 이야기. 쉬면서 들을

래.”

잠시 고민하던 시큐리티가 작업용 베드에 누우며 물었다.

“너, 하고 싶은 일은 있어? 꿈이나 소망 같은 거. 막연히 원하는 미래라든가.”

“글쎄, 생각해 본 적 없어. 너는?”

“나는 오로라를 보고 싶었어.”

“오로라?”

“극지방 하늘에서만 보이는 빛이야. 커튼처럼 생긴.”

“개념은 알고 있어. 그걸 보려면 북극으로 가야 할 텐데.”

“인간이 하기엔 무모한 짓이지. 하지만 지금은 괜찮지 않을까? 전기만 있으면 되잖아. 추위도 배고픔도 느끼지 않으니까. 치명적 오류가 있는 로봇이 돔 밖에서 살아가는 경우도 있다던데.”

라이카가 감았던 눈을 뜨고 시큐리티를 바라봤다.

“……돔을 나가고 싶어?”

“나가려고 했어. 열여덟에. 돔 밖으로 향하던 길에 사고가 났지. 아버지한테 잡힐까 봐 서두르다가 트럭에 치였거든.”

‘새벽에 몰래 나갔다가 차에 치여 죽었다면서?’

‘가출이었대요.’

10년 전 장례식에서 들었던 말들이 떠올랐다.

"죽은 거엔 큰 유감이 없어. 아버지한테 잡혔어도 죽은 것과 다름없는 삶을 살았을 테니까. 그건 사는 게 아니었어. 내 아버지, 네 어머니랑 정말 비슷했거든. 나한테 주어진 자유는 상상밖에 없었어."

트로이가 허탈한 웃음을 터트렸다. 분명 웃고 있는데도 안드로이드에 울 수 있는 기능이 있었더라면 울었을 것만 같은 표정이었다.

"오로라를 보고 난 뒤라면 죽어도 괜찮았는데, 왜 그렇게 일찍 좌절돼야만 했을까."

트로이는 흰 천장을 바라보고 있으면서도 더 높은 곳을 응시하는 것만 같았다. 콘크리트 덩어리에 불과한 그곳이 그에게는 무엇이든 투영할 수 있는 공간인 양. 상상조차 허용되지 않은 삶을 살아온 라이카이기에 알 수 있는 감정이었다. 트로이의 가출은 하나의 개체로 살아가기 위한 최후의 시도였을 것이다. 자신이 사람으로서 살기 위해 무엇이 필요한지, 아주 작은 상상만으로도 깨달아 버린 탓에.

그의 눈에 천장은 어떤 풍경으로 비칠지 궁금했다. 라이카는 자세를 고쳐 앉고 컴퓨터에 저장된 영상 자료에서 '오로라'를 검색했다. 그리고 빔 프로젝터를 연결해 영상을 재생했다.

 노고유

"이게 뭐야? 영화?"

"다큐멘터리."

「오로라가 유영하는 빙하기 연구소」. 영상 제목을 확인한 트로이가 들뜬 표정으로 빔 프로젝터를 만져 상영 위치를 벽면에서 천장으로 바꾸었다. 다음 순간, 빛나는 커튼이 천장을 가득 메웠다. 온통 하얀 지표면과 새까만 하늘 위에 은하수가 수놓이고, 그 위를 덮은 얇은 네온 빛 물결이 황홀하게 일렁이는 장면. 빙하기를 연구하는 북극의 연구소에 대한 다큐멘터리의 오프닝이었다.

"어때. 아름답지?"

천장에 드리운 드넓은 겨울 대륙은 라이카에게 꼴도 보기 싫은 풍경이었다. 추위와 배고픔이 몰려오는 기분이었으나, 라이카는 천장에서 시선을 떼지 않았다. 폐가 얼 정도로 찬 공기의 기억. 라이카가 아니었던 시절, 이름과 역할을 부여받지 않았던 나는 저곳에서 어떤 얼굴이었더라. 가끔 터트렸던 웃음은 얼마나 환했고 눈물은 얼마나 짰었나. 표정도 꿈도 상상도 삭제된 건 언제부터였던가. 생각하다 보니 30분 남짓 되는 다큐멘터리가 끝났다. 새까만 엔딩 크레디트 아래에서 라이카는 백지 같은 설원 위에 두 발을 딛고 오로라를 올려다보는 그를 상상했다. 트로이, 하고 부르자 그가 한껏 들뜬 표정으로 자신을 뒤돌아보는 장면이 본 적 있는 듯이 재생되었다. 현실성 없는 일임을 아는데도 그게 보고 싶었다. 그럴 수 있을 것만 같았다. 꿈, 소망, 막연히 원하는 미래.

아, 이런 풍경이었구나.

라이카가 천천히 밖에서 잠기지 않은 문을 향해 다가갔다. 손발이 덜덜 떨렸고 목이 바싹 말랐다. 불안정한 호흡에 심장도 비정상적으로 빠르게 뛰었지만 멈출 수 없었다. 새까만 기계손이 내부의 잠금장치를 풀어냈다. 마치 어떤 오류가 발생한 것처럼.

오전 다섯 시. 라이카는 마지막으로 트로이의 짐을 확인했다. 칼로리가 높은 비상식량, 반년 이상 움직일 수 있는 만큼의 전기가 담긴 보조 배터리, 북극까지 이어지는 경로가 담긴 지도 메모리. 라이카는 마지막으로 주머니에서 이동식 메모리를 하나 더 꺼내 트로이의 손에 쥐여 주었다. 방금 본 다큐멘터리가 들어 있었다.

"계산해 봤는데, 빙하기 연구소는 네 걸음으로 여섯 달 하고도 조금 더 걸리는 거리에 있어. 돔 밖의 거주 지대를 지나다 부랑자들한테 위협받더라도 식량을 주면 몇 번은 넘길

  노고유

수 있을 거야. 북극에 가고 싶어 하는 안드로이드를 만난다면 지도를 공유해 줘도 되고."

"정말 괜찮겠어? 그냥 같이 가자. 전기만 충분하면 내가 열을 내서 너를 안 춥게 할 수도 있을 거고, 가는 길도 외롭지 않고……."

"알잖아. 인간의 몸으로 북극까지 걸어가는 건 무리야."

"내가 있잖아. 내가 어떻게든……."

라이카가 출입구용 보안 카드를 벽에 댔다. 숨겨져 있던 문이 열리고, 영하 47도의 바람이 밀려들었다. 두 개체의 머리카락이 눈보라에 흩날렸다. 트로이의 발열 기능이 추위를 감지해 몸체에 온기가 돌았다. 라이카의 동그란 안경에 눈발이 내려앉자, 트로이가 라이카의 까만 손을 끌어당겨 자신과 가까이 두었다. 라이카는 그 얼굴을 잊지 않도록 계속 눈에 담고 싶었지만, 그는 불안한 듯 맞잡은 손을 내려다보기만 했다.

"두려워."

"무엇이?"

"저 넓은 설원을 혼자 나아갈 수 있을까."

"네가 왜 혼자야. 너를 얼지 않게 할 온기에 매 순간 내가 깃들어 있을 텐데."

“나아간 끝에 오로라를 정말 볼 수 있을까?”

“보지 못하더라도 빙하기의 아름다움을 찾을 수 있을 거야.”

“……너랑 다시 만날 수 있을까?”

자리를 비켜 줬던 경비원이 저 멀리서 슬슬 가야 한다는 듯 손짓했다. 며칠 전 라이카에게 배우자 안드로이드 수리를 받아 간 사람이었다. 제 아내를 고쳐 준 은인을 어떻게 돕지 않을 수 있냐며 기꺼이 도움의 손길을 내밀어 준 그를 보며, 트로이는 마음을 다잡았다. 그때 라이카가 맞잡은 손을 더 세게 쥐었다.

“있지, 너한테 어울리는 새 성을 생각해 봤는데.”

“응, 말해 줘.”

“아르케(Archè)는 어때? 라틴어로 시작을 의미해.”

“……마음에 들어. 무척이나.”

“기억해. 다시 만났을 때 널 알아볼 지표가 될 테니까.”

그제야 트로이의 표정이 조금 풀렸다. 짧고 간지러운 입맞춤이 라이카의 이마에 내려앉았다. 이마를 맞댄 두 사람이 동시에 소리 내어 웃었다. 날 선 바람이 하나도 춥지 않았다.

“라이카.”

“응, 트로이 아르케.”

"살아서, 언젠가 너와 오로라를 보고 싶어."

"내가 갈게. 너를 찾을게."

그 순간을 기억에 새기며 트로이는 돔 밖으로 발을 내디뎠다. 출구는 마치 처음부터 존재하지 않았던 것처럼 틈 없이 닫혔다. 하지만 새빨갛게 언 손에 온기가 남았다.

연구소에 돌아간 라이카는 돔 밖으로 내쫓겼다. 며칠 만에 돔으로 돌아오고도 한동안 연구실에 갇혀 아무것도 먹지 못했다. 분명 최악이라 생각한 체벌이었는데 이상하리만치 힘들지 않았다.

라이카는 다시 연구소의 톱니바퀴가 되어 일했다. 로렌스 박사의 패악질은 여전했고, 연구원들은 근거 없는 소문을 더욱 부풀렸지만, 라이카는 숨을 고르는 법을 알고 있었다.

그날부터 연구소에는 비는 부품이 자주 생겼다. 그때마다 라이카의 손이 손가락 한 마디 만큼씩 더 기계가 되었고, 어느덧 손 전부가 기계로 바뀌었으나 라이카의 손을 잡는 사람은 그곳에 없었기에 아무도 눈치채지 못했다. 이듬해에는 팔 한쪽이, 그다음 해에는 양발이 단단해졌다. 북극까지 걸어갈 수 있을 만큼.

안드로이드 부품으로 전신을 대체하기까지는 아주 오랜 시간이 걸리겠지. 그 시간을 견디고 마침내 북극에 도달한다고 해도 우리가 다시 마주하게 될 확률은……. 습관적으로 현실을 떠올리게 될 때마다 라이카는 천장을 보았다. 그 순백의 배경에는 언제나 2미터 정도 되는 인영이 있었다. 탁 트인 세상, 무한한 수평선, 차가운 공기, 오로라. 그리고 자유. 라이카는 자신이 그려 준 지도를 따라서 진짜 오로라 아래 두 발 디딘 트로이 아르케를 그렸다.

인간에 가까운 기계가 자아를 가진 현상을 치명적 오류라고 부른다. 그렇다면 기계에 가까운 인간에게 생긴 자아도 같은 이름을 붙일 수 있지 않을까.

너와 내가 같은 오류에 시달리고 있다면. 이 오류가 영영 고쳐지지 않는다면.

언젠가 너와 오로라를 보고 싶다.
라이카는 꿈을 꾸고 있다.

 이곳에 도달한 수많은 트로이와 라이카, 혹은 꿈꾸는 일조차 벅찬
어딘가의 당신. 위의 빈 공간에 당신이 보고자 하는 막연한 오로라를 남겨 볼까
요. 손가락 한 마디, 팔 하나, 다리 한 짝. 천천히 바뀌는 동안에도 계속 그 오류
를 간직한다면, 언젠가 아주 먼 미래에 우리 반드시 만날 수 있도록.
북극에서 기다리고 있겠습니다.

SF가 현실이 되는 시대의 SF

SF는 어떤 이야기를 담아야 할까? 새로운 질문은 아니지만, 세상이 점점 SF와 비슷해지고 있는 요즘에는 새롭게 들릴 수 있다. 과거에는 인간만이 할 수 있었던 여러 가지 일을 훨씬 더 빠른 속도로 척척 해내는 인공 지능, 인간처럼 정교한 작업을 수행하는 휴머노이드 로봇은 이제 SF에서 빠져나와 일상이 되어 가고 있다. 아폴로 계획 이후로 한동안 멈춰 있던 달 탐사도 다시 시작될 예정이고, 이제는 달을 발판으로 화성과 같은 더 먼 우주로 나갈 계획을 세우고 있다. 이런 모습을 직접 보며 자라는 세대가 읽을 SF는 어떠해야 할까? 이런 고민을 안은 채 제12회 한낙원과학소설상 수상 작품을 읽었다.

대상을 받은 「사라질 소행성 AE-1.2」는 지구 궤도의 라그랑주 점에 있는 한 소행성에서 벌어지는 이야기다. 이곳은 지구에서 수용하기 어려운 쓰레기를 버리는 장소다. 주인공은 소행성 쓰레기장을 관리하고 쓰레기를 정리하는 로봇이다. 주인공에게는 동반자가 둘 있다. 어린이 학습 지원 로봇과 반려견 로봇이다.

이들은 모두 사회에서 소외된 존재다. 주인공은 위험한 쓰레기를 처리하다 방사선에 노출되어 손상될 뻔한 경험이 있다. 다행히 업그레이드를 통해 지능형 AI로 거듭났다고는 하나 외딴곳에서 인간을 대신해 폐기물을 처리하며 살아야 한다는 건 달라지지 않는다. 함께 살고 있는 두 로봇 역시 각자 사정이 있다고는 해도 주인에게 버림받은 존재다.

소외된 존재를 다루는 이야기임에도 불구하고 분위기는 어둡거나 비관적이지 않다. 주인공 일행은 서로 동료애를 발휘하고 쓰레기 속에서 쓸모 있거나 재미있는 물건을 찾아내며 즐겁게 지낸다. 유일하게 소행성을 찾는 관리인도 세 로봇에게 호의적이고 친절하다.

소외된 존재에 관한 성찰은 SF의 주요 테마 중 하나다. 과학과 기술의 발전은 우리 사회에 긍정적인 면을 가져오기도 하지만, 기존에 없던 새로운 그늘을 만들기도 한다. 이 그늘로 밀려나는 인간 또는 비인간의 이야기를 통해 우리는 사회가 어떤 방향으로 나아가야 할지 가늠할 수 있다. 인간이 곁에 두고 싶지 않은 쓰레기를 처리하는 소행성이라는 그늘에 살고 있는 주인공 일행은 모두 로봇, 즉 비인간이다. 일견 당연하게 보이지만, 비인간을 대하는 태도는 인간이 어떤 존재인지를 비춰 주는 거울이기도 하다.

이 작품은 인간성에 대한 비판 대신 스스로 독립적인 존재가 되기 위한 의지와 희망에 초점을 맞춘다. 소행성이 궤도를 이탈하게 되자 주인공 일행을 지구로 데려가겠다고 내미는 손이 있음에도 이들은 그 손을 거부하고 자신들만의 길을 찾아 떠나기로 결정한다. 수많은 로봇 중 하나가 아니라 유일한 존재가 되기 위해서다. 대단한 사건과 모험이 벌어지는 것도 아니고 날카로운 비판을 보여 주는 것도 아니지만, 여기에는 SF에서 느낄 수 있는 정서가 담겨 있다.

작가의 신작 「은하수」는 기술은 발전했지만 환경 오염이 심해진 미래를 배경으로 삼고 있다. 오염이 너무 심해 자연과 접촉하는 건 금지되어 있다. 건물은 밀폐되어 있고, 학교에 갈 때도 밀폐된 차량을 타고 가야 한다. 어린 학생일수록 더 강력한 보호를 받으며 지낸다. 보호라고는 해도 받는 입장에서는 답답할 수밖에 없다.

이야기는 주인공이 우연히 잠자리 한 마리를 발견하고 사회적 금기를 깨뜨리는 일로부터 시작된다. 금기를 깨뜨리는 건 새로운 세상을 발견하기 위해 꼭 필요한 일이고 이런 일에는 역시 이미 나이 들어 버린 어른보다는 아직 때 묻지 않은 청소년이 제격이다. 그 결과 주인공은 모르고 있었던, 어른들이 숨기고 있었던 진실을 발견한다. 아주 새로운 이야기나 형식은 아니지만, 잠자리가 매개하는 세계의 연결과 후반부의 이미지 묘사는 잔잔한 울림과 함께 앞으로 달라질 세계에 대한 기대를 품게 한다.

우수상 수상작 「아이 엠 그라운드」는 초능력을 소재로 한 작품이다. 좀비가 출몰하는 세상에서 특정 구간의 시간을 되돌릴 수 있는 주인공은 사람들이 모여 사는 캠프를 오가며 물품을 배달하는 역할을 맡고 있다. 아무리 초능력이 있다고 해도 좀비 떼를 뚫고 이동하는 건 위험한 일이다. 하물며 초능력을 하루에 쓸 수 있는 횟수에도 제한이 있다.

작품 속에 등장하는 좀비와 초능력의 과학적인 근거가 약하다는 점에서 이 작품을 SF로 볼 수 있을 것인지는 다소 고민이 된다. 엄격하게 본다면 SF로 부르기는 어려울 수 있지만, 초능력과 초지능, 초인이 SF에서 흔히 다루는 소재인 건 분명하다. 다만 초능력을 다루더라도 가능한 한 합리적인 근거를 제시한다면 SF에 더욱 충실한 작품이 될 것이다.

그런 고민에도 불구하고, 이 작품의 가장 큰 장점은 모험이다. 개인적으로 요즘에는 어린이, 청소년이 신나고 두근거리는 모험 이야기를 접하는 빈도가 줄어든 게 아닌가 하는 안타까움이 있는데, 그런 면에서 반가운 작품이다. 분량 제약이 큰 단편소설에서는 설정이나 분위기, 메시지에 매몰되다 보면 정작 몰입해서 읽을 수 있는 모험이 약해지는 경향이 있다.

이 작품은 짧은 분량 안에서 최대한 재미를 주고자 추격전과 음모, 초능력을 이용한 문제 해결 등을 알차게 넣기 위해 노력한 흔적이 엿보인다. 무릇 청소년소설이라면 청소년이 즐겁게 읽을 수 있는 이야기여야 한다. 모험을 통해 전달하는 메시지도 긍정적이라 자칫 놓칠 수도 있는 청소년소설의 미덕을 살린 작품이라 볼 수 있다.

우수상 수상작 「최선의 선택」은 여러모로 독특한 느낌을 자아낸다. 주인공은 보육원에서 살고 있는 청소년이고, 주인공에게 고양이를 찾아 달라는 의뢰인과 인공 지능 명상 센터를 홍보하다가 불량배에게 얻어맞아 고장 난 휴머노이드 로봇이 등장한다. 어딘가 묘한 조합인데, 의외로 이들의 궁합이 나쁘지 않다.

이야기는 단순하다. 고양이를 찾다가 고장 난 로봇을 만나고, 불량배 때문에 위기를 겪다가 의뢰인의 도움으로 벗어난다. 이후 주인공과 로봇은 짝을 이루어 고양이 탐정 일을 한다. 이 작품의 매력은 정교한 이야기보다는 캐릭터와 배경이 만들어 내는 분위기에 있다. 사이버펑크를 연상시키는 배경에 인공 지능 명상 센터와 같은 흥미로운 설정, 입만 열면 옛 성현의 말씀을 읊으며 가르치려 드는 로봇은 이 세계에 관한 호기심을 자아낸다.

버디물의 시작을 알리는 듯한 마무리는 여기에 담긴 것 이상의 풍성한 이야기가 기다리고 있음을 암시한다. 더 많은 이야기를 끌어낼 가능성이 충분해 보이니만큼 같은 세계관의 다른 이야기를 선보여 주기를 기대한다.

또 다른 우수상 수상작인 「치명적 오류」는 다시 소외된 존재를 다룬다. 배경은 빙하기를 맞은 지구. 사람답게 살기 위해서는 그럴 만한 환경을 갖춘 돔 안에서 살아야만 한다. 돔 밖에서 태어난 주인공은 돔 밖으로 나왔다 길을 잃은 안드로이드 기술 권위자를 안내한 인연으로 수양딸이 되어 돔 안에서 살 기회를 얻는다.

　하지만 그게 꼭 선의에 의한 것은 아니었다. 주인공은 양어머니 밑에서 안드로이드 수리공으로 일하며 학대에 가까운 대접을 받는다. 안드로이드 연구소 안에서도 모두가 주인공을 차갑게 대한다. 사람답게 살 수 있는 환경에 왔지만, 정작 사람다운 대접을 받지는 못하는 셈이다. 똑같이 소외된 존재라고 해도 따뜻하게 대해 준 사람이 있었던 「사라질 소행성 AE-1.2」와는 다소 다른 상황이다.

　하지만 결국 희망을 찾아간다는 줄기는 비슷하다. 우연한 일로 주인공은 한 안드로이드를 만나 오로라를 보겠다는 꿈을 갖게 된다. 안드로이드를 몰래 탈출시킨 주인공은 양어머니에게 벌을 받지만, 절망하지 않고 조용히 꿈을 이루기 위한 준비를 갖춰 간다.

　SF는 어떤 이야기를 담아야 할까? 이 질문에 뚜렷한 답이 있는 건 아니다. 다만 SF라고 해서 과학 기술적인 면에만 치중한다면 언젠가는 낡은 이야기가 되고 말 것이다. 청소년 SF는 과학 기술의 발전이 가져올 소용돌이 속에서 살아가는 청소년의 변화와 고민을 담을 수 있어야 한다. 소외감이나 걱정, 희망, 모험 등 어떤 것이라 해도 지금과는 또 다른 모습일 것이다. 제12회 한낙원과학소설상 수상 작가들 모두

자기만의 통찰을 찾아내기 위해 앞으로도 치열하게 노력해
주기를 당부드린다.

고호관 (SF 작가, 제12회 한낙원과학소설상 심사위원)

사라질 소행성

2026년 4월 3일 1판 1쇄

지은이	오영민 조은오 남지민 노고유
편집	장슬기 윤설희 최경후 강수연
디자인	박다애
제작	박홍기
마케팅	김수진 이태린 이예지
홍보	조민희
인쇄	천일문화사
제책	J&D바인텍

펴낸이	강맑실
펴낸곳	(주)사계절출판사
등록	제406-2003-034호
주소	(우)10881 경기도 파주시 회동길 252
전화	031)955-8588, 8558
전송	마케팅부 031)955-8595 편집부 031)955-8596
홈페이지	www.sakyejul.net
전자우편	literature@sakyejul.com
X(트위터)	x.com/sakyejul
인스타그램	instagram.com/sakyejul

© 오영민 조은오 남지민 노고유

ISBN 979-11-6981-438-6 44810

ISBN 978-89-5828-473-4 (세트)